U0102876

和中国文豪一起寻味人间

周作人 老舍 郁达夫
郑振铎 朱湘 —— 等著

魏韶华 —— 主编

漓江出版社
桂林

图书在版编目(CIP)数据

和中国文豪一起寻味人间 / 魏韶华主编. —— 桂林：
漓江出版社, 2022.3
ISBN 978-7-5407-9172-8

Ⅰ.①和… Ⅱ.①魏… Ⅲ.①散文集－中国－现代②
散文集－中国－当代 Ⅳ.①I266

中国版本图书馆CIP数据核字(2021)第265054号

和中国文豪一起寻味人间
HE ZHONGGUO WENHAO YIQI XUNWEI RENJIAN

主　　编　魏韶华

出 版 人　刘迪才
责任编辑　符红霞　　　　　　　　助理编辑　滚碧月
版式设计　page11　　　　　　　　责任监印　黄菲菲

出版发行　漓江出版社有限公司
社　　址　广西桂林市南环路22号　　邮　　编　541002
发行电话　010-65699511　0773-2583322
传　　真　010-85891290　0773-2582200
邮购热线　0773-2582200
网　　址　www.lijiangbooks.com　　微信公众号　lijiangpress

印　　制　朗翔印刷（天津）有限公司
开　　本　880 mm×1230 mm　1/32
印　　张　8.25　　字　　数　180千字
版　　次　2022年3月第1版　　印　　次　2022年3月第1次印刷
书　　号　ISBN 978-7-5407-9172-8
定　　价　58.00 元

序

　　饮食是人们赖以生存的基础，也是理解一个人、一个民族性格心性的符号。中国是一个饮食文化极其发达的国度，孙中山在《建国方略》中说："我中国近代文明进步，事事皆落人后，惟饮食一道之进步，至今尚为文明各国所不及。中国所发明之食物，固大盛于欧美；而中国烹调法之精良，又非欧美所可并驾。"南宋人林洪《山家清供》记载："采芙蓉花，去心、蒂，汤焯之，同豆腐煮。红白交错，恍如雪霁之霞，名'雪霞羹'。"从传统美食之讲究亦可窥见中国人无处不在的浪漫精神。

　　本书收录的夏丏尊《谈吃》一文中说："中国人是全世界善吃的民族。""中国民族的文化，可以说是口的文化。"朱自清在《论吃饭》中引经据典："告子说，'食色，性也'，是从人生哲学上肯定了食是生活的两大基本要求之一。《礼记·礼运》篇也说到'饮食男女，人之大欲存焉'，这更明白。照后面这两句话，吃饭和性欲是同等重要的，可是照这两句话里的次序，'食'或'饮食'都在前头，所以还是吃饭第一。"

这本小书不是对饮食文化的学理性研究，而是兼具知识性、趣味性的文学散文小品集，集中收录民国时期作家们有关美食的文字，简直就是一部民国时期的《舌尖上的中国》大全！那个时期由于交通尚不如今日这般便利，方言、饮食也还是地方主义的，作家们笔下对故乡本土美味的深情描写可以视为对现代国人饮食记忆的文学性记录。

兼具民俗学意识的周作人就有此方面的自觉，加之作者博学多识，能随意结合典籍、民俗及地方志书，娓娓道来，令人趣味横生。他在《再谈南北的点心》中说："中国地大物博，风俗与土产随地各有不同，因为一直缺少人记录，有许多值得也是应该知道的事物，我们至今不能知道清楚，特别是关于衣食住的事项。我这里只就点心这个题目，依据浅陋所知，来说几句话，希望抛砖引玉，有旅行既广，游历又多的同志们，从各方面来报道出来，对于爱乡爱国的教育，或者也不无小补吧。"他还较早地思考地方美食的对外传播问题："国内各地方，都富有不少有特色的点心，就只因为地域所限，外边人不能知道，我希望将来不但有人多多报道，而且还同土产果品一样，陆续输到外边来，增加人民的口福。"

书中都写美食，甚至有同题散文，但由于角度不同而各具特色。许地山和老舍都写《落花生》，老舍写来幽默风趣，富有对人心世情之洞见，而许地山则由常见吃食讲做人的道理："人要做有用的人，不要做伟大、体面的人了。" 朱湘的《咬菜根》也是如此："'咬得菜根，百事可作'这句成语，便是我们祖先留传下来，教我们不要怕吃苦的意思。"

晚清以降，欧风美雨来袭，中国人的食物结构和饮食习惯也悄悄地发生着改变。老舍的《西红柿》、周瘦鹃的《咖啡琐话》等都涉及国人传统饮食方式的变化。徐志摩的《吸烟与文化》和朱自清的《吃的》则记录他们看到的西方世界的一个侧影。朱自清在《吃的》中言：

> 现在欧洲的风气，吃饭要少要快，那些陈年的老古董，怕总有些不合时宜吧。吃饭要快，为的忙，欧洲人不能像咱们那样慢条斯理儿的，大家知道。干吗要少呢？为的卫生，固然不错，还有别的：女的男的都怕胖。女的怕胖，胖了难看；男的也爱那股标劲儿，要像个运动家。

这大概是中国人对减肥塑形最早的呼吁吧！

现代作家文人大多是离开故土的漂泊者，漂泊不仅是时局动荡的无奈，也是他们的存在方式。因为走出故土才对故土如此情深，也因之才有对故土的新发现，没有人会真正"看到"自己熟知的事物，如同孙伏园在《绍兴东西》中所言："绍兴有这许多特别食品，绍兴人在家的时候并不觉得，一到旅居外方的时候便一样一样的想起来了。"书中收录了很多怀乡之作，鲁彦《故乡的杨梅》、郁达夫《饮食男女在福州》、周作人的系列散文均属此类。鲁彦在《故乡的杨梅》中以游子身份深情感叹："唉，故乡离开我愈远了。""故乡的雨，故乡的天，故乡的山河和田野……还有那蔚蓝中衬着整齐的金黄的菜花的春天，藤黄的稻穗带着可爱的气息的夏天，蟋蟀和纺织娘们在濡湿的草中唱着诗的秋天，小船吱吱地触着沉默的薄冰的冬天……还有那熟识的道路，还有那亲密的故居……"李广田在《桃园杂记》中有对城市化的忧思："在大城市里，是不常听到这种鸟声的，但偶一听到，我就立刻被带到了故乡的桃园去。""我很担心，今后的桃园会变得冷落，恐怕不会再有那么多吆吆喝喝的肩挑贩，河上的白帆也将更见得稀疏了吧。"王以仁在《枇杷》中睹物思人："现在我的祖母已经死了九年了。我每看黄色的枇杷，总要想起了白发慈祥的祖母，可是叫我到何处去寻求呢？呵！人生和光阴都是不可捉摸的残梦！都是无形无迹的一缕青烟！"家乡的吃食如同普鲁斯特《追忆逝水年华》里的那块小玛德莱娜点心，亲情友情无不与美食关联在一起，常常勾起我们遥远的情愫，使逝去的记忆重新复活于当下，丰富着我们此时的心灵生活，安慰着我们漂泊寂寥的时光，在困顿袭来时从中汲取精神与情感的力量。而今，随着城市化进程的加快，乡村生活方式包括饮食习惯也趋于式微，此类散文不仅可以安慰今天"漂一族"的心灵，而且给发展民宿旅游经济带来启示。

本书尽力搜寻民国时期与美食有关的文学类文字，兼顾文章长短和趣味性。虽有电子期刊数据库查询之便利，但有些篇章依然如湖中捞针不易寻得，因时代遥远、初刊录入错误均需进行文字方面的校勘更正，有错误处敬请指正。感谢研究生徐贝贝的辛苦劳作，感谢本书编辑们的努力和细心。

在本书的编校过程中，我们尽量保持了早期白话文的特色，例如在多篇文章中出现的"的""地""得"不分，"哪""那"不论等表述方式。考虑到恐有读者会有所误读，也特此说明。

请您"和中国文豪一起寻味人间"！一起体味生命的美好！一起品味人生的真趣味！

本书主编　魏韶华

2021 年 12 月 6 日

目　录

目 录

目　录

第二章　点心与果香

目　录

目　录

目　录

第一章

◆ 食中味 ◆

故乡的野菜

/ 周作人

　　我的故乡不止一个，凡我住过的地方都是故乡。故乡对于我并没有什么特别的情分，只因钓于斯游于斯的关系，朝夕会面，遂成相识，正如乡村里的邻舍一样，虽然不是亲属，别后有时也要想念到他。我在浙东住过十几年，南京东京都住过六年，这都是我的故乡；现在住在北京，于是北京就成了我的家乡了。

　　日前我的妻往西单市场买菜回来，说起有荠菜在那里卖着，我便想起浙东的事来。荠菜是浙东人春天常吃的野菜，乡间不必说，就是城里只要有后园的人家都可以随时采食，妇女小儿各拿一把剪刀一只"苗篮"，蹲在地上搜寻，是一种有趣味的游戏的工作。那时小孩们唱道："荠菜马兰头，姊姊嫁在后门头。"后来马兰头有乡人拿来进城售卖了，但荠菜还是一种野菜，须得自家去采。关于荠菜向来颇有风雅的传说，不过这似乎以吴地为主。《西湖游览志》云："三月三日男女皆戴荠菜花。

谚云，三春戴荠花，桃李羞繁华。"顾禄的《清嘉录》上亦说："荠菜花俗呼野菜花，因谚有三月三蚂蚁上灶山之语，三日人家皆以野菜花置灶陉上，以厌虫蚁。清晨村童叫卖不绝。或妇女簪髻上以祈清目，俗号眼亮花。"但浙东却不很理会这些事情，只是挑来做菜或炒年糕吃罢了。

黄花麦果通称鼠麹草，系菊科植物，叶小微圆互生，表面有白毛，花黄色，簇生梢头。春天采嫩叶，捣烂去汁，和粉作糕，称黄花麦果糕。小孩们有歌赞美之云：

> 黄花麦果韧结结，
> 关得大门自要吃；
> 半块拿弗出，一块自要吃。

清明前后扫墓时，有些人家——大约是保存古风的人家——用黄花麦果作供，但不做饼状，做成小颗如指顶大，或细条如小指，以五六个作一攒，名曰茧果，不知是什么意思，或因蚕上山时设祭，也用这种食品，故有是称，亦未可知。自从十二三岁时外出不参与外祖家扫墓以后，不复见过茧果，近来住在北京，也不再见黄花麦果的影子了。日本称作"御形"，与荠菜同为春的七草之一，也采来做点心用，状如艾饺，名曰"草饼"，春分前后多食之，在北京也有，但是吃去总是日本风味，不复是儿时的黄花麦果糕了。

扫墓时候所常吃的还有一种野菜，俗名草紫，通称紫云英。农人在收获后，播种田内，用作肥料，是一种很被贱视的植物，但采取嫩茎瀹食，味颇鲜美，似豌豆苗。花紫红色，数十亩接连不断，一片锦绣，如铺着华美的地毯，非常好看，而且花朵状若蝴蝶，又如鸡雏，尤为小孩所喜。间有白色的花，相传可以治痢，很是珍重，但不易得。日本《俳句大辞典》云："此草与蒲公英同是习见的东西，从幼年时代便已熟识，在女人里边，不曾采过紫云英的人，恐未必有罢。"中国古来没有花环，但紫云英的花球却是小孩常玩的东西，这一层我还替那些小人们欣幸的。浙东扫墓用鼓吹，所以少年常随了乐音去看"上坟船里的姣姣"；没有钱的人家虽没有鼓吹，但是船头上篷窗下总露出些紫云英和杜鹃的花束，这也就是上坟船的确实的证据了。

十三年^①二月

（原载于 1924 年 4 月 5 日《晨报副刊》）

---

① 即 1924 年。——编者注

谈油炸鬼

/ 周作人

刘廷玑著《在园杂志》卷一有一条云：

东坡云，谪居黄州五年，今日北行，岸上闻骡驮铎声，意亦欣然。铎声何足欣，盖久不闻而今得闻也。昌黎诗，照壁喜见蝎。蝎无可喜，盖久不见而今得见也。子由浙东观察副使奉命引见，渡黄河至王家营，见草棚下挂油炸鬼数枚。制以盐水和面，扭作两股如粗绳，长五六寸，于热油中炸成黄色，味颇佳，俗名油炸鬼。予即于马上取一枚啖之，路人及同行者无不匿笑，意以为如此鞍马仪从而乃自取自啖此物耶。殊不知予离京城赴浙省今十七年矣，一见河北风味不觉狂喜，不能自持，似与韩苏二公之意暗合也。

在园的意思我们可以了解，但说黄河以北才有油炸鬼却并不是事实。江南到处都有，绍兴在东南海滨，市中无不有麻花摊，叫卖麻花烧饼者不绝于道。范寅著《越谚》卷中饮食门云：

> 麻花，即油炸桧，迄今代远，恨磨业者省工无头脸，名此。

案此言系油炸秦桧之，殆是望文生义，至同一癸音而曰鬼曰桧，则由南北语异，绍兴读鬼若举不若癸也。中国近世有馒头，其缘起说亦怪异，与油炸鬼相类，但此只是传说罢了。朝鲜权宁世编《支那四声字典》，第一七五 kuo 字项下注云：

> 餜 kuo，正音。油餜子，小麦粉和鸡蛋，油煎拉长的点心。油炸；煠餜，同上。但此一语北京人悉读作 kuei 音，正音则唯乡下人用之。

此说甚通，鬼桧二读盖即由餜转出。明王思任著《谑庵文饭小品》卷三《游满井记》中云：

> 卖饮食者邀诃好火烧，好酒，好大饭，好果子。

所云果子即油馃子，并不是频婆林禽之流，谑庵于此多用土话，邀诃亦即吆喝，作平声读也。

乡间制麻花不曰店而曰摊，盖大抵简陋，只两高凳架木板，于其上和面搓条，傍一炉可烙烧饼，一油锅炸麻花，徒弟用长竹筷翻弄，择其黄熟者夹置铁丝笼中，有客来买时便用竹丝穿了打结递给他。做麻花的手执一小木棍，用以摊饼湿面，却时时空敲木板，的答有声调，此为麻花摊的一种特色，可以代呼声，告诉人家正在开淘有火热麻花吃也。麻花摊在早晨也兼卖粥，米粒少而汁厚，或谓其加小粉，亦未知真假。平常粥价一碗三文，麻花一股二文，客取麻花折断放碗内，令盛粥其上，如《板桥家书》所说，"双手捧碗缩颈而啜之，霜晨雪早，得此周身俱暖"，代价一共只要五文钱，名曰麻花粥。又有花十二文买一包蒸羊，用鲜荷叶包了拿来，放在热粥底下，略加盐花，别有风味，名曰羊肉粥，然而价增两倍，已不是寻常百姓的吃法了。

麻花摊兼做烧饼，贴炉内烤之，俗称洞里火烧。小时候曾见一种似麻花单股而细，名曰油龙，又以小块面油炸，任其自成奇形，名曰油老鼠，皆小儿食品，价各一文，辛亥年（1911年）回乡便都已不见了。面条交错作"八结"形者曰巧果，二条缠圆木上如藤蔓，炸熟木自脱去，名曰倭缠。其最简单者两股稍粗，互扭如绳，长约寸许，一文一个，名油馓子。以上各物《越谚》

皆失载，孙伯龙著《南通方言疏证》卷四释小食中有馓子一项，
注云：

> 《州志》方言，馓子，油炸环饼也。

又引《丹铅总录》等云，寒具今云曰馓子。寒具是什么东西，
我从前不大清楚。据《庶物异名疏》云：

> 林洪《清供》云，寒具捻头也，以糯米粉和面，麻油煎成，
> 以糖食。据此乃油腻粘胶之物，故客有食寒具不濯手而污
> 桓玄之书画者。

看这情形岂非是蜜供一类的物事乎？刘禹锡《寒具》诗
乃云：

> 纤手搓来玉数寻，碧油煎出嫩黄深，夜来春睡无轻重，
> 压扁佳人缠臂金。

诗并不佳，取其颇能描写出寒具的模样，大抵形如北京西
域斋制的奶油镯子，却用油煎一下罢了，至于和靖后人所说外

面搽糖的或系另一做法，若是那么粘胶的东西，刘君恐亦未必如此说也。《和名类聚抄》引古字书云："糫饼，形如葛藤者也。"则与倭缠颇相像，巧果油馓子又与"结果"及"捻头"近似，盖此皆寒具之一，名字因形而异，前诗所咏只是似环的那一种耳。麻花摊所制各物殆多系寒具之遗，在今日亦是最平民化的食物，因为到处皆有的缘故，不见得会令人引起乡思，我只感慨为什么为著述家所舍弃，那样地不见经传。刘在园范啸风二君之记及油炸鬼真可以说是豪杰之士，我还想费些功夫翻阅近代笔记，看看有没有别的记录，只怕大家太热心于载道，无暇做这"玩物丧志"的勾当也。

［附记］

尤侗著《艮斋续说》卷八云："东坡云，谪居黄州五年，今日北行，岸上闻骡驮铎声，意亦欣然，盖不闻此声久矣。韩退之诗，煦壁喜儿蜗，此语真不虚也。予谓一老终是宦情中热，不忘长安之梦，若我久卧江湖，鱼鸟为侣，骡马鞭铎耳所厌闻，何如欸乃一声耶。京邸多蝎，至今谈虎色变，不意退之喜之如此，蝎且不避而况于臭虫乎。"西堂此语别有理解。东坡蜀人何乐北归，退之生于昌黎，喜蝎或有可原，唯此公大热中，故亦令人疑其非是乡情而实由于宦情耳。

廿四年[①]十月七日记于北平

---

① 即 1935 年。——编者注

［补记］

张林西著《琐事闲录》正续各两卷，咸丰年刊。续编卷上有关于油炸鬼的一则云：

"油炸条面类如寒具，南北各省均食此点心，或呼果子，或呼为油胚，豫省又呼为麻糖，为油馍，即都中之油炸鬼也。鬼字不知当作何字。长晴岩观察臻云，应作桧字，当日秦桧既死，百姓怒不能释，因以面肖形炸而食之，日久其形渐脱，其音渐转，所以名为油炸鬼，语亦近似。"案此种传说各地多有，小时候曾听老妪们说过，今却出于旗员口中觉得更有意思耳。个人的意思则愿作"鬼"字解，稍有奇趣，若有所怨恨乃以面肖形炸而食之，此种民族性殊不足嘉尚也。秦长脚即极恶，总比刘豫张邦昌以及张弘范较胜一筹罢，未闻有人炸吃诸人，何也？我想这骂秦桧的风气是从《说岳》及其戏文里出来的。士大夫论人物，骂秦桧也骂韩侂胄，更是可笑的事，这可见中国读书人之无是非也。

民国廿四年[①]十二月廿八日补记

[①] 即 1935 年。——编者注

苋菜梗

/ 周作人

近日从乡人处分得腌苋菜梗来吃，对于苋菜仿佛有一种旧雨之感。苋菜在南方是平民生活上几乎没有一天缺的东西，北方却似乎少有，虽然在北平近来也可以吃到嫩苋菜了。查《齐民要术》中便没有讲到，只在卷十列有人苋一条，引《尔雅》郭注，但这一卷所讲都是"五谷果蓏菜茹非中国物产者"，而《南史》中则常有此物出现，如《王智深传》云："智深家贫无人事，尝饿五日不得食，掘苋根食之。"又《蔡樽附传》云，"樽在吴兴不饮郡斋井，斋前自种白苋紫茄以为常饵，诏褒其清"，都是很好的例。

苋菜据《本草纲目》说共有五种，马齿苋在外。苏颂曰：

> 人苋白苋俱大寒，其实一也，但大者为白苋，小者为人苋耳，其子霜后方熟，细而色黑。紫苋叶通紫，吴人用染爪者，诸苋中唯此无毒不寒。赤苋亦谓之花苋，茎叶深赤，

根茎亦可糟藏，食之甚美味辛。五色苋今亦稀有，细苋俗谓之野苋，猪好食之，又名猪苋。

李时珍曰："苋并三月撒种，六月以后不堪食，老则抽茎如人长，开细花成穗，穗中细子扁而光黑，与青箱子鸡冠子无别，九月收之。"《尔雅·释草》，"黄赤苋"，郭注云："今之苋赤茎者。"郝懿行疏乃云："今验赤苋茎叶纯紫，浓如燕支，根浅赤色，人家或种以饰园庭，不堪啖也。"照我们经验来说，嫩的紫苋固然可以瀹食，但是"糟藏"的却都用白苋，这原只是一乡的习俗，不过别处的我不知道，所以不能拿来比较了。

说到苋菜同时就不能不想到甲鱼。《学圃余疏》云："苋有红白二种，素食者便之，肉食者忌与鳖共食。"《本草纲目》引张鼎曰："不可与鳖同食，生鳖瘕，又取鳖肉如豆大，以苋菜封裹置土坑内，以土盖之，一宿尽变成小鳖也。"其下接连地引汪机曰："此说屡试不验。"《群芳谱》采张氏的话稍加删改，而末云"即变小鳖"之后却接写一句"试之屡验"，与原文比较来看未免有点滑稽。这种神异的物类感应，读了的人大抵觉得很是好奇，除了雀入大水为蛤之类无可着手外，总想怎么来试他一试，苋菜鳖肉反正都是易得的材料，一经实验便自分出真假，虽然也有越试越糊涂的，如《西阳杂俎》所记："蝉未脱时名复育，秀才韦翾庄在杜曲，常冬中掘树根，见复育附于朽处，怪之，村人言蝉固朽木所化也，翾因剖一视之，腹中犹实烂木。"这正如剖鸡胃中皆米粒，遂说鸡是白米所化也。苋菜与甲鱼同吃，在二十年前曾和一位族叔试过，现在族叔已将七十了，听说还健在，我也不曾肚痛，那么鳖瘕之说或者也可以归入不验之列了罢。

苋菜梗的制法须俟其"抽茎如人长"，肌肉充实的时候，去叶取梗，切作寸许长短，用盐腌藏瓦坛中，候发酵即成，生熟皆可食。平民几乎家家皆制，每食必备，与干菜腌菜及螺蛳霉豆腐千张等为日用的副食物，苋菜梗卤中又可浸豆腐干，卤可蒸豆腐，味与"溜豆腐"相似，稍带枯涩，别有一种山野之趣。读外乡人游越的文章，大抵众口一词的讥笑土人之臭食，其实这是不足怪的，绍兴中等以下的人家大都能安贫贱，敝衣恶食，终岁勤劳，其所食者除米而外唯菜与盐，盖亦自然之势耳。干腌者有干菜，湿腌者以腌菜及苋菜梗为大宗，一年间的"下饭"差不多都在这里。《诗》云"我有旨蓄，可以御冬"，是之谓也，至于存置日久，干腌者别无问题，湿腌则难免气味变化，顾气味有变而亦别具风味，此亦是事实，原无须引西洋干酪为例者也。

《邵氏闻见录》云，汪信民常言，人常咬得菜根则百事可做，胡康侯闻之击节叹赏。俗语亦云，布衣暖，菜根香，读书滋味长。

明洪应明遂作《菜根谭》以骈语述格言，《醉古堂剑扫》与《婆罗馆清言》亦均如此，可见此体之流行一时了。咬得菜根，吾乡的平民足以当之，所谓菜根者当然包括白菜芥菜头，萝葡芋艿之类，而苋菜梗亦附其下。至于苋根虽然救了王智深的一命，实在却无可吃，因为这只是梗的末端罢了，或者这里就是梗的别称也未可知。咬了菜根是否百事可做，我不能确说，但是我觉得这是颇有意义的，第一可以食贫，第二可以习苦，而实在却也有清淡的滋味，并没有薇这样难吃，胆这样难尝。这个年头儿人们似乎应该学得略略吃得起苦才好。中国的青年有些太娇养了，大抵连冷东西都不会吃，水果冰激凌除外，我真替他们忧虑，将来如何上得前敌，至于那粉泽不去手，和穿红里子的夹袍的更不必说了。其实我也并不激烈的想禁止跳舞或抽白面，我知道在乱世的生活法中耽溺亦是其一，不满于现世社会制度而无从反抗，往往沉浸于醇酒妇人以解忧闷，与中山饿夫殊途而同归，后之人略迹原心，也不敢加以菲薄，不过这也只是近于豪杰之徒才可以，绝不是我们凡人所得以援引的而已。——喔，似乎离本题太远了，还是就此打住，有话改天换了题目再谈罢。

二十年^①十月二十六日，于北平

---

① 即 1931 年。——编者注

菱角

/ 周作人

　　每日上午门外有人叫卖"菱角"，小孩们都吵着要买，因此常买十来包给他们分吃，每人也只分得十几个罢了。这是一种小的四角菱，比刺菱稍大，色青而非纯黑，形状也没有那样奇古，味道则与两角菱相同。正在看乌程汪日桢的《湖雅》（光绪庚辰即一八八〇年出版），便翻出卷二讲菱的一条来，所记情形与浙东大抵相像，选录两则于后。

　　《仙潭文献》：

> "水红菱"最先出。青菱有二种，一曰"花蒂"，一曰"火刀"，风干之皆可致远，唯"火刀"耐久，迨春犹可食。因塔村之"鸡腿"，生啖殊佳；柏林圩之"沙角"，熟瀹颇胜。乡人以九月十月之交撷荡，多则积之，腐其皮，如收贮银杏之法，曰"阉菱"。

《湖录》：

　　菱与芰不同。《武陵记》："四角三角曰芰，两角曰菱。"今菱湖水中多种两角，初冬采之，曝干，可以致远，名曰"风菱"。唯郭西湾桑渎一带皆种四角，最肥大，夏秋之交，煮熟鬻于市，曰"熟老菱"。

　　按，鲜菱充果，亦可充蔬。沉水乌菱俗呼"浆菱"。乡人多于溪湖近岸处水中种之，曰"菱荡"，四围植竹，经绳于水面，间之为界，曰"菱簠竹"。……

　　越中也有两角菱，但味不甚佳，多作为"酱大菱"，水果铺去壳出售，名"黄菱肉"，清明扫墓时常用作供品，"迨春犹可食"，亦别有风味。实熟沉水抽芽者用竹制发篦状物曳水底摄取之，名"掺芽大菱"，初冬下乡常能购得，市上不多见也。唯平常煮食总是四角者为佳，有一种名"驼背白"，色白而拱背，故名，生熟食均美，十年前每斤才十文，一角钱可得一大筐，近年来物价大涨，不知需价若干了。城外河中弥望皆菱荡，唯中间留一条水路，供船只往来，秋深水长风起，菱科漂浮荡外，则为"散荡"，行舟可以任意采取残留菱角，或并摘菱科之嫩者，携归作菹食。明李日华在《味水轩日记》卷二（万历三十八年即一六一〇年）记途中窃菱事，颇有趣味，抄录于左。

> 九月九日，由谢村取余杭道，曲溪浅渚，被水皆菱角，有深浅红及惨碧二色，舟行掬手可取而不识膳胾，僻地俗淳，此亦可见。余坐篷底阅所携《康乐集》，遇一秀句则引一酹，酒渴思解，奴子康素工掠食，偶命之，甚资咀嚼，平生耻为不义，此其愧心者也。

水红菱只可生食，虽然也有人把他拿去作蔬。秋日择嫩菱瀹熟，去涩衣，加酒酱油及花椒，名"醉大菱"，为极好的下酒物（俗名过酒坯），阴历八月三日灶君生日，各家供素菜，例有此品，几成为不文之律。水红菱形甚纤艳，故俗以喻女子的小脚，虽然我们现在看去，或者觉得有点唐突菱角，但是闻水红菱之名而"颇涉遐想"者恐在此刻也仍不乏其人罢？

写《菱角》既了，问疑古君讨回范寅的《越谚》来一查，见卷中"大菱"一条说得颇详细，补抄在这里，可以纠正我的好些错误。甚矣我的关于故乡的知识之不很可靠也！

> 老菱装箩，日浇，去皮，冬食，曰"酱大菱"。老菱脱蒂沉湖底，明春抽芽，挽起，曰"挽芽大菱"，其壳乌，

又名"乌大菱"。肉烂壳浮，曰"汆起乌大菱"，越以讥无用人。揻菱肉黄，剥卖，曰"黄菱肉"。老菱晾干，曰"风大菱"。嫩菱煮坏，曰"烂勃七"。

（原载于1926年8月《语丝》第92期《自己的园地》，
上海北新十七版）

鱼腊

/ 周作人

　　风鱼腊肉是乡下的名物，最有名的自然要算火腿与家乡肉了，但是这未免太华贵一点，而且也有缺点，虽然说是熏腊，日子久了也要走油"哈拉"，别的不说，分量总是要减少了。在久藏不坏这一点上，鱼干的确最好，三尺长的螺蛳青，切块蒸熟，拗开来肉色红白鲜明，过酒下饭都是上品。但是我觉得最喜欢的还是鱼腊，这末一字要注明并非腊月的臘字的简写，就是那么从肉昔声的字，范寅《越谚》注云："音昔，夏白鲦用椒酒酱烹烘。"范君这注有点电报式的，须得加以补充，这就是说夏天取白鲦较小者，用酱油加酒和花椒煮熟，炭火烘干，须家中自制，市上并无出售。这鱼风味淡白，可肴可点，收藏在磁瓶里，随时摸出几条来，不必蒸煮就可以吃，味道总是那么鲜美，这是它特别的特色。秋高气爽，大概是宜于喝老酒的时候吧，我说这话，未免显得馋痨相，其实这只是表面如此，若是里面则心想鱼腊。眼看的却是自己的文章，这些写下来才有一个月之久，登山来看时多已生了白花或是青毛，至少也有霉黡气，心想若能像风鱼腊肉那样经久一点，岂不很好，其中理想自然以鱼腊为第一，而惜乎其不可能也。新鲜一路的文章也很好，如齐公的《在北京吃肉》，我十分佩服，却是写不来，那东单的李记小店我也还是第一次听到，其门口的朝东朝西当然更不知道了。

（原载于 1950 年 9 月 29 日《亦报》）

暖锅

/ 周作人

　　乡下冬天食桌上常用暖锅，普通家庭也不能每天都用，但有什么事情的时候，如祭祖及过年差不多一定使用的。一桌"十碗头"里面第一碗必是三鲜，用暖锅时便把这一种装入，大概主要的是鱼圆、肉饼子，海参、粉条、白菜垫底，外加鸡蛋糕和笋片。别时候倒也罢了，阴历正月"拜坟岁"时实在最为必要，坐上两三小时的船，到了坟头在寒风上行了礼，回到船上来虽然饭和酒是热的，菜却是冰凉，中间摆上一个火锅，不但锅里的东西热气腾腾，各人还将扣肉、扣鸡以及底下的芋艿、金针菜之类都加了进去，"咕嘟"一会儿之后，变成一大锅大杂烩，又热又好吃，比平常一碗碗的单独吃要好得多。乡下结婚，不问贫富照例要雇喜娘照料，浙东是由堕民的女人任其事，她们除报酬以外还有一种权利，便是将新房和客人一部分的剩余看馔拿回家去。她们用一只红漆的水桶将馊余都倒在里边，每天家里有人来拿去，这叫作拼拢坳羹，名称不很好，但据说重煮一回来吃其味甚佳云。我没有机会吃过这东西，可是凭了暖锅的经验来说，上边的话，大概不全是假的。

（原载于 1951 年 1 月 25 日《亦报》）

到了济南

/ 老舍

一

到济南来，这是头一遭。挤出车站，汗流如浆，把一点小伤风也治好了，或者说挤跑了；没秩序的社会能治伤风，可见事儿没绝对的好坏；那么，"相对论"大概就是这么琢磨出来的吧？

挑选一辆马车。"挑选"在这儿是必要的。马车确是不少辆，可是稍有聪明的人便会由观察而疑惑，到底那里有多少匹马是应当雇八个脚夫抬回家去？有多少匹可以勉强负拉人的责任？自然，刚下火车，决无意去替人家抬马，虽然这是善举之一；那么，找能拉车与人的马自是急需。然而这绝对不是容易的事儿，因为：第一，那仅有的几匹颇带"马"的精神的马，已早被手急眼快的主顾雇了去。第二，那些"略"带"马气"的马，本来可以将就，哪怕是只请他拉着行李——天下还有比"行李"这个字再不顺耳，不得人心，惹人头皮疼的？而我和赶车的在辕子两边担任扶持，指导，劝告，鼓励，（如还不走）拳打脚踢之责呢。这凭良心说，大概不能不算善于应付环境，具有东方文化的妙处吧？可是，"马"的问题刚要解决，"车"的问题早又来到：即使马能走三里五里，坚持到底不摔跟头；或者不幸跌了一跤，而能爬起来再接再厉；那车，那车，那车，是否能装着行李而车底儿不哗啦啦掉下去呢？又一个问题，确乎成问题！假使走到中途，车底哗啦啦，还是我扛着行李（赶车的当然不负这个责任），在马旁同行呢？还是叫马背着行李，我再背着马呢？自然是，三人行必有我师，陪着御者与马走上一程，也是有趣的事；可是，花了钱雇车，而自扛行李，单为证明"三人行必有我师"，是否有点发疯？至于马背行李，我再负马，事属非常，颇有古代故事中巨人的风度，是！可有一层，我要是被压而死，那马是否能把行李送到学校去？我不算什么，行李是不能随便掉失的！不为行李，起初又何必雇车呢？小资产阶级的逻辑，不错；但到底是逻辑呀！第三，别看马与车各有问题，马与车合起来而成的"马车"是整个的问题，敢情还有惊人的问题呢——车价。一开首我便得罪了一位赶车的，我正在向那些马国之鬼，和那堆车之骨骼发呆之际，我的行李突然被一位御者抢去了。我并没生气，反倒感谢他的热心张罗。当他把行李往车上一放的时候，一点不冤人，我确乎听见哗啦一声响，确乎看见连车带马向左右摇动者三次，向前后进退者三次。"行啊？"我低声的问御者。"行？"他十足的瞪了我一眼。"行？从济南走到德国去都行！"我不好意思再怀疑他，只好以他的话作我的信仰；心里想："有信仰便什么也不怕！"为干他的气，赶快问："到——人学，多少钱？"他说了一个数儿。我心平气和的说："我并不是要买贵马与尊车。"心里还想："假如弄这么一份财产，将来不幸死了，遗嘱上给谁承受呢？"正在这么想，也不知怎的，我的行李好像被魔鬼附体，全由车中飞出来了。再一看，那怒气冲天的御者一扬鞭，那瘦病之马一掀后蹄，便轧着我的皮箱跑过去。皮箱一点也没坏，只是上边落着一小块车轮上的胶皮；为避免麻烦，我也没敢叫回御者告诉他，万一他叫"我"赔偿呢！同时，心中颇不自在，怨自己"以貌取马"，哪知人家居然能掀起后蹄而跑数步之遥呢。

幸而××来了，带来一辆马车。这辆车和车站上的那些差不多。马是白色的，虽然事实上并不见得真白，可是用"白马之白"的抽象观念想起来，到底不是黑的、黄的，更不能说一定准是灰色的。马的身上不见得肥，因此也很老实。缰，鞍，肚带，处处有麻绳帮忙维系，更显出马之稳练驯良。车是黑色的，配起白马，本应黑白分明，相得益彰；可是不知济南的太阳光为何这等特别，叫黑白的相配，更显得暗淡灰丧。

行李，××和我，全上了车。赶车的把鞭儿一扬，吆喝了一声，车没有动。我心里说："马大概是睡着了。马是人们最好的朋友，多少带点哲学性，睡一会儿是常有的事。"赶车的又喊了一声，车微动。只动了一动，就又停住；而那匹马确是走出好几步远。赶车的不喊了，反把马拉回来。他好像老太婆缝补袜子似的，在马的周身上下细腻而安稳的找那些麻绳的接头，慢慢的一个一个的接好，大概有三十多分钟吧，马与车又发生关系。又是一声喊，这回马是毫无可疑的拉着走了。倒叫我怀疑：马能拉着车走，是否一个奇迹呢？

一路之上，总算顺当。左轮的皮带掉了两次，随掉随安上，少费些时间，无关重要。马打了三个前失，把我的鼻子碰在车窗上一次，好在没受伤。跟××顶了两回牛儿，因为我们俩是对面坐着的，可是顶牛儿更显得亲热；设若没有这个机会，两个三四十的老小伙子，又焉肯脑门顶脑门的玩耍呢。因此，到了大学的时候，我摹仿着西洋少女，在瘦马脸上吻了一下，表示感谢他叫我们得以顶牛的善意。

二

上次谈到济南的马车，现在该谈洋车。

济南的洋车并没有什么特异的地方。坐在洋车上的味道可确是与众不同。要领略这个味道，顶好先检看济南的道路一番；不然，屈骂了车夫，或诬蔑济南洋车构造不良，都不足使人心服。

检看道路的时候，请注意，要先看胡同里的；西门外确有宽而平的马路一条，但不能算作国粹。假如这检查的工作是在夜里，请别忘了拿个灯笼，踏一脚黑泥事小，把脚腕拐折至少也不甚舒服。

胡同中的路，差不多是中间垫石，两旁铺土的。土，在一个中国城市里，自然是黑而细腻，晴日飞扬，阴雨和泥的，没什么奇怪。提起那些石块，只好说一言难尽吧。假如你是个地质学家，你不难想到：这些石是否古代地层变动之时，整批的由地下翻上来，直至今日，始终原封没动；不然，怎能那样不平呢？但是，你若是个考古家，当然张开大嘴哈哈笑，济南真会保存古物哇！看，看哪一块石头没有多少年的历史！社会上一切都变了，只有你们这群老石还在这儿镇压着济南的风水！

浪漫派的文人也一定喜爱这些石路，因为块块石头带着慷慨不平的气味，且满有幽默。假如第一块屈了你的脚尖，哼，刚一迈步，第二块便会咬住你的脚后跟。左脚不幸被石洼囚住，留神吧，右脚会紧跟着滑溜出多远，早有一块中间隆起，棱而腻滑的等着你呢。这样，左右前后，处处是埋伏，有变化；假如那位浪漫派写家走过一程，要是幸而不晕过去，一定会得到不少写传奇的启示。

无论是谁，请不要穿新鞋。鞋坚固呢，脚必磨破；脚结实呢，鞋上必来个窟窿。二者必居其一。那些小脚姑娘太太们，怎能不一步一跌，真使人糊涂而惊异！

在这种路上坐汽车，咱没这经验，不能说是舒服与否。只看见过汽车中的人们，接二连三的往前蹿，颇似练习三级跳远。推小车子也没有经验，只能理想到：设若我去推一回，我敢保险，不是我——多半是我——就是小车子，一定有一个碎了的。

洋车，咱坐过。从一上车说吧。车夫拿起"把"来，也许是往前走，也许是往后退，那全凭石头叫他怎样他便得怎样。济南的车夫是没有自由意志的。石头有时一高兴，也许叫左轮活动，而把右轮抓住不放；这样，满有把坐车的翻到下面去，而叫车坐一会儿人的希望。

坐车的姿式也请留心研究一番。你要是充正气君子，挺着脖子正着身，好啦：为维持脖子的挺立，下车以后，你不变成歪脖儿柳就算万幸。你越往直里挺，它们越左右的筛摇；济南的石路专爱打倒挺脖子，显正气的人们！反之，你要是缩着脖子，懈松着劲儿，请要留神，车子忽高忽低之际，你也许有鬼神暗佑还在车上，也许完全摇出车外，脸与道旁黑土相吻。从经验中看，最好的办法是不挺不缩，带着弹性。像百码决赛预备好，专候枪声时的态度，最为相宜。一点不松懈，一点不忽略，随高就高，随低就低，车左亦左，车右亦右，车起须如据鞍而立，车落应如鲤鱼入水。这样，虽然麻烦一些，可是实在安全，而且练习惯了，以后可以不晕船。

坐车的时间也人有研究的必要，最适宜坐车的时候是犯肠胃闭塞病之际。不用吃泄药，只须在饭前，喝点开水，去坐半小时上下的洋车，其效如神。饭后坐车是最冒险的事，接连坐过三天，设若不生胃病，也得长盲肠炎。要是胃口像林黛玉那么弱的人，以完全不坐车为是，因没有一个时间是相宜的。

末了，人们都说济南洋车的价钱太贵，动不动就是两三毛钱。但是，假如你自己去在这种石路上拉车，给你五块大洋，你干得了干不了？

三

由前两段看来，好像我不大喜欢济南似的。不，不，有大不然者！有幽默的人爱"看"，看了，能不发笑吗？天下可有几件事，几件东西，叫你看完而不发笑的？不信，闭上一只眼，看你自己的鼻子，你不笑才怪；先不用说别的。有的人看什么也不笑，也对呀，喜悲剧的人不替古人落泪不痛快，因为他好"觉"；设身处地的那么一"觉"，世界上的事儿便少有不叫泪腺要动作动作的。噢，原来如此！

　　济南有许多好的事儿，随便说几种吧：葱好，这是公认的吧，不是我造谣生事。听说，犹太人少有得肺病的，因为吃鱼吃的；山东人是不是因为多嚼大葱而不患肺病呢？这倒值得调查一下，好叫吃完葱的士女不必说话怪怕羞的用手掩着嘴：假如调查结果真是山西河南广东因肺病而死的比山东多着七八十来个（一年多七八十，一万年要多若干？），而其主因确是因为口中的葱味使肺病菌倒退四十里。

　　在小曲儿里，时常用葱尖比美妇人的手指，这自然是春葱，决不会是山东的老葱，设若美妇人的十指都和老葱一般儿粗（您晓得山东老葱的直径是多少寸），一旦妇女革命，打倒男人，一个嘴巴子还不把男人的半个脸打飞！这决不是济南的老葱不美，不是。葱花自然没有什么美丽，葱叶也比不上蒲叶那样挺秀，竹叶那样清劲，连蒜叶也比不上，因为蒜叶至少可以假充水仙。不要花，不看叶，单看葱白儿，你便觉得葱的伟丽了。看运动家，别看他或她的脸，要先看那两条完美的腿，看葱亦然。（运动家注意。这里一点污辱的意思没有；我自己的腿比蒜苗还细，焉敢攀高比诸葱哉！）济南的葱白起码有三尺来长吧：粗呢，总比我的手腕粗着一两圈儿——有愿看我的手腕者，请纳参观费大洋二角。这还不算什么，最美是那个晶亮，含着水，细润，纯洁的白颜色。这个纯洁的白色好像只有看见过古代希腊女神的乳房者才能明白其中的奥妙，鲜，白，带着滋养生命的乳浆！这个白色叫你舍不得吃它，而拿在手中颠着，赞叹着，好像对于宇宙的伟大有所领悟。由不得把它一层层的剥开，每一层洛下来，都好似油酥饼的折叠；这个油酥饼可不是"人"手烙成的。一层层上的长直纹儿，一丝不乱的，比画图用的白绢还美丽。看见这些纹儿，再看看馍馍，你非多吃半斤馍馍不可。人们常说——带着讽刺的意味——山东人吃的多，是不知葱之美者也！

反对吃葱的人们总是说：葱虽好，可是味道有不得人心之处。其实这是一面之词，假若大家都吃葱，而且时常开个"吃葱竞赛会"，第一名赠以重二十斤金杯一个，你看还敢有人反对否！

记得，在新加坡的时候，街上有卖柘莲者，味臭无比，可是土人和华人久住南洋者都嗜之若命。并且听说，英国维克陶利亚女皇①吃过一切果品，只是没有尝过柘莲，引为憾事。济南的葱，老实的讲，实在没有奇怪味道，而且确是甜津津的。假如你不信呢，吃一棵尝尝。

（原载于一九三〇年十月——一九三一年二月《齐大月刊》第一卷第一、二、四期）

---

① 即维多利亚女王。——编者注

落花生

/ 老舍

　　我是个谦卑的人。但是，口袋里装上四个铜板的落花生，一边走一边吃，我开始觉得比秦始皇还骄傲。假若有人问我："你要是做了皇上，你怎么享受呢？"简直的不必思索，我就答得出："派四个大臣拿着两块钱的铜子，爱买多少花生吃就买多少！"

　　什么东西都有个幸与不幸。不知道为什么瓜子比花生的名气大。你说，凭良心说，瓜子有什么吃头？它夹你的舌头，塞你的牙，激起你的怒气——因为一咬就碎；就是幸而没碎，也不过是那么小小的一片，不解饿，没味道，劳民伤财，布尔乔亚！你看落花生：大大方方的，浅白麻子，细腰，曲线美。这还只是看外貌。弄开看：一胎儿两个或者三个粉红的胖小子。脱去粉红的衫儿，象牙色的豆瓣一对对的抱着，上边儿还结着吻。那个光滑，那个水灵，那个香喷喷的，碰到牙上那个干松酥软！白嘴吃也好，就酒喝也好，放在舌上当槟榔含着也好。写文章的时候，三四个花生可以代替一支香烟，而且有益无损。

种类还多呢，大花生，小花生，大花生米，小花生米，糖饯的，炒的，煮的，炸的，各有各的风味，而都好吃。下雨阴天，煮上些小花生，放点盐；来四两玫瑰露；够作好几首诗的。瓜子可给诗的灵感？冬夜，早早的躺在被窝里，看着《水浒》，枕旁放着些花生米；花生米的香味，在舌上，在鼻尖；被窝里的暖气，武松打虎……这便是天国！冬天在路上，刮着冷风，或下着雪，袋里有些花生使你心中有了主儿；掏出一个来，剥了，慌忙往口中送，闭着嘴嚼，风或雪立刻不那么厉害了。况且，一个二十岁以上的人肯神仙似的，无忧无虑的，随随便便的，在街上一边走一边吃花生，这个人将来要是做了宰相或度支部尚书，他是不会有官僚气与贪财的。他若是做了皇上，必是朴俭温和直爽天真的一位皇上，没错。吃瓜子的照例不在街上走着吃，所以我不给他保这个险。

至于家中要是有小孩儿，花生简直比什么也重要。不但可以吃，而且能拿它们玩。夹在耳唇上当环子，几个小姑娘就能办很大的一回喜事。小男孩若找不着玻璃球儿，花生也可以当弹儿。玩法还多着呢。玩了之后，剥开再吃，也还不脏。两个大子儿的花生可以玩半天；给他们些瓜子试试。

论样子，论味道，栗子其实满有势派儿。可是它没有落花生那点家常的"自己"劲儿。栗子跟人没有交情，仿佛是。核桃也不行，榛子就更显着疏远。落花生在哪里都有人缘，自天子以至庶人都跟它是朋友；这不容易。

在英国，花生叫作"猴豆"——Monkey nuts。人们到动物园去才带上一包，去喂猴子。花生在这个国里真不算很光荣，可是我亲眼看见去喂猴子的人——小孩就更不用提了——偷偷的也往自己口中送这猴豆。花生和苹果好像一样的有点魔力，假如你知道苹果的典故；我这儿确是用着典故。

美国吃花生的不限于猴子。我记得有位美国姑娘，在到中国来的时候，把几只皮箱的空处都填满了花生，大概凑起来总够十来斤吧，怕是到中国吃不着这种宝物。美国姑娘都这样重看花生，可见它确是有价值；按照哥伦比亚的哲学博士的辩证法看，这当然没有误儿。

花生大概还跟婚礼有点关系，一时我可想不起来是怎么个办法了；不是新娘子在轿里吃花生，不是；反正是什么什么春吧——你可晓得这个典故？其实花轿里真放上一包花生米，新娘子未必不一边落泪一边嚼着。

（原载于一九三五年一月二十日《漫画生活》第五期）

西红柿

/ 老舍

所谓番茄炒虾仁的番茄，在北平原叫作西红柿，在山东各处则名为洋柿子，或红柿子。想当年我还梳小辫，系红头绳的时候，西红柿还没有番茄这点威风。它的价值，在那不文明的时代，不过与"赤包儿"相等，给小孩子们拿着玩玩而已。大家作"娶姑娘扮姐姐"玩耍的时节，要在小板凳上摆起几个红胖发亮的西红柿，当作喜筵，实在漂亮。可是，它的价值只是这么点，而且连这一点还不十分稳定，至于在大小饭铺里，它是完全没有份儿的。这种东西，特别是在叶子上，有些不得人心的臭味——按北平的话说，这叫作"青气味儿"。所谓"青气味儿"，就是草木发出来的那种不好闻的味道，如楮树叶儿和一些青草，都是有此气味的。可怜的西红柿，果实是那么鲜丽，而被这个味儿给累住，像个有狐臭的美人。不要说是吃，就是当"花儿"看，它也是没有"凉水茄""番椒"等那种可以与美人蕉，翠雀儿等草花同在街上售卖的资格。小孩儿拿它玩耍，仿佛也是出于不得已；这种玩意儿好玩不好吃，不像落花生或枣子那样可以"吃玩两便"。其实呢，西红柿的味道并不像它的叶子那么臭恶，而且不比臭豆腐难吃，可是那股青气味儿到底要了它的命。除了这点味道，恐怕它的失败在于它那点四不像的劲儿：拿它当果子看待，它甜不如果，脆不如瓜；拿它当菜吃，煮熟之后屁味没有，稀松一堆，没点"嚼头"；它最宜生吃，可是那股味儿，不果不瓜不菜，亦可以休矣！

西红柿转运是在近些年，"番茄"居然上了菜单，由英法大菜馆而渐渐侵入中国饭铺，连山东馆子也要报一报"番茄虾银（仁）儿"！文化的侵略哟，门牙也挡不住呀！可是细一看呢，饭馆里的番茄这个与那个，大概都是加上了点番茄汁儿，粉红怪可看，且不难吃；至于整个的鲜番茄，还没多少人肯大嘴的啃。肯生吞它的，或者还得算留过洋的人们和他们的儿女，到底他们的洋味地道些。近来西医宣传西红柿里含有维他命 A 至 W，可是必须生吃，这倒有点别扭。不过呢，国人是注意延年益寿，滋阴补肾的东西，或者这点青气味儿也不难于习惯下来的；假如国医再给证明一下：番茄加鹿茸可以壮阳种子，我想它的前途正自未可限量咧。

（原载于一九三五年七月十四日《青岛民报》）

说扬州

/ 朱自清

在第十期上看到曹聚仁先生的《闲话扬州》，比那本出名的书有味多了。不过那本书将扬州说得太坏，曹先生又未免说得太好；也不是说得太好，他没有去过那里，所说的只是从诗赋中，历史上得来的印象。这些自然也是扬州的一面，不过已然过去，现在的扬州却不能再给我们那种美梦。

自己从七岁到扬州，一住十三年，才出来念书。家里是客籍，父亲又是在外省当差事的时候多，所以与当地贤豪长者并无来往。他们的雅事，如访胜，吟诗，赌酒，书画名家，烹调佳味，我那时全没有份，也全不在行。因此虽住了那么多年，并不能做扬州通，是很遗憾的。记得的只是光复的时候，父亲正病着，让一个高等流氓凭了军政府的名字，敲了一竹杠；还有，在中学的几年里，眼见所谓"甩子团"横行无忌。"甩子"是扬州方言，有时候指那些"怯"的人，有时候指那些满不在乎的人。"甩子团"不用说是后一类；他们多数是绅宦家子弟，仗着家里或者"帮"里的势力，在各公共场所闹标劲，如看戏不买票，起哄等等，也有包揽词讼，调戏妇女的。更可怪的，大乡绅的仆人可以指挥警察区区长，可以大模大样招摇过市——这都是民国五六年（1916—1917年）的事，并非前清君主专制时代。自己当时血气方刚，看了一肚子气；可是人微言轻，也只好让那口气憋着罢了。

从前扬州是个大地方，如曹先生那文所说；现在盐务不行了，简直就算个没"落儿"的小城。

可是一般人还忘其所以地耍气派，自以为美，几乎不知天多高地多厚。这真是所谓"夜郎自大"了。扬州人有"扬虚子"的名字；这个"虚子"有两种意思，一是大惊小怪，二是以少报多，总而言之，不离乎虚张声势的毛病。他们还有个"扬盘"的名字，譬如东西买贵了，人家可以笑话你是"扬盘"；又如店家价钱要的太贵，你可以诘问他，"把我当扬盘看么？"盘是捧出来给别人看的，正好形容耍气派的扬州人。又有所谓"商派"，讥笑那些仿效盐商的奢侈生活的人，那更是气派中之气派了。但是这里只就一般情形说，刻苦诚笃的君子自然也有；我所敬爱的朋友中，便不缺乏扬州人。

提起扬州这地名，许多人想到的是出女人的地方。但是我长到那么大，从来不曾在街上见过一个出色的女人，也许那时女人还少出街吧？不过从前人所谓"出女人"，实在指姨太太与妓女而言；那个"出"字就和出羊毛，出苹果的"出"字一样。《陶庵梦忆》里有"扬州瘦马"一节，就记的这类事；但是我毫无所知。不过纳妾与狎妓的风气渐渐衰了，"出女人"那句话怕迟早会失掉意义的吧。

另有许多人想，扬州是吃得好的地方。这个保你没错儿。北平寻常提到江苏菜，总想着是甜甜的、腻腻的。现在有了淮扬菜，才知道江苏菜也有不甜的；但还以为油重，和山东菜的清淡不同。其实真正油重的是镇江菜，上桌子常教你腻得无可奈何。扬州菜若是让盐商家的厨子做起来，虽不到山东菜的清淡，却也滋润，利落，决不腻嘴腻舌。不但味道鲜美，颜色也清丽悦目。扬州又以面馆著名。好在汤味醇美，是所谓白汤，由种种出汤的东西如鸡鸭鱼肉等熬成，好在它的厚，和啖熊掌一般。也有清汤，就是一味鸡汤，倒并不出奇。内行的人吃面要"大煮"；普通将面挑在碗里，浇上汤，"大煮"是将面在汤里煮一会，更能入味些。

扬州最著名的是茶馆；早上去下午去都是满满的。吃的花样最多。坐定了沏上茶，便有卖零碎的来兜揽，手臂上挽着一个黯淡的柳条筐，筐子里摆满了一些小蒲包分放着瓜子花生炒盐豆之类。又有炒白果的，在担子上铁锅爆着白果，一片铲子的声音。得先告诉他，才给你炒。炒得壳子爆了，露出黄亮的仁儿，铲在铁丝罩里送过来，又热又香。还有卖五香牛肉的，让他抓一些，摊在干荷叶上；叫茶房拿点好麻酱油来，拌上慢慢地吃，也可向卖零碎的买些白酒——扬州普通都喝白酒——喝着。这才叫茶房烫干丝。北平现在吃干丝，都是所谓煮干丝；那是很浓的，当菜很好，当点心却未必合式。烫干丝先将一大块方的白豆腐干飞快地切成薄片，再切为细丝，放在小碗里，用开水一浇，干丝便熟了；逼去了水，抟成圆锥似的，再倒上麻酱油，搁一撮虾米和干笋丝在尖儿，就成。说时迟，那时快，刚瞧着在切豆腐干，一眨眼已端来了。烫干丝就是清得好，不妨碍你吃别的。接着该要小笼点心。北平淮扬馆子出卖的汤包，诚哉是好，在扬州却少见；那实在是淮阴的名字，扬州不该掠美。扬州的小笼点心，肉馅儿的，蟹肉馅儿的，笋肉馅儿的且不用说，最可口的是菜包子菜烧卖，还有干菜包子。菜选那最嫩的，剁成泥，加一点儿糖一点儿油，蒸得白生生的，热腾腾的，到口轻松地化去，留下一丝儿余味。干菜也是切碎，也是加一点儿糖和油，燥湿恰到好处；细细地咬嚼，可以嚼出一点橄榄般的回味来。这么着每样吃点儿也并不太多。要是有饭局，还尽可以从容地去。但是要老资格的茶客才能这样有分寸；偶尔上一回茶馆的本地人外地人，却总忍不住狼吞虎咽，到了儿捧着肚子走出。

扬州游览以水为主，以船为主，已另有文记过，此处从略。

城里城外古迹很多，如"文选楼""天保城""雷塘""二十四桥"等，却很少人留意；大家常去的只是史可法的"梅花岭"罢了。倘若有相当的假期，邀上两三个人去寻幽访古倒有意思；自然，得带点花生米，五香牛肉，白酒。

1934 年 10 月 14 日作

（原载于 1934 年 11 月 20 日《人间世》第 16 期 ）

吃的

/ 朱自清

　　提到欧洲的吃喝，谁总会想到巴黎，伦敦是算不上的。不用说别的，就说煎山药蛋吧。法国的切成小骨牌块儿，黄争争的，油汪汪的，香喷喷的；英国的"条儿"（chips）却半黄半黑，不冷不热，干干儿的什么味也没有，只可以当饱罢了。再说英国饭吃来吃去，主菜无非是煎炸牛肉排羊排骨，配上两样素菜；记得在一个人家住过四个月，只吃过一回煎小牛肝儿，算是新花样。可是菜做得简单，也有好处；材料坏容易见出，像大陆上厨子将坏东西做成好样子，在英国是不会的。大约他们自己也觉着腻味，所以一九二六那一年有一位华衣脱女士（E. White）组织了一个英国民间烹调社，搜求各市各乡的食谱，想给英国菜换点儿花样，让它好吃些。一九三一年十二月烹调社开了一回晚餐会，从十八世纪以来的食谱中选了五样菜（汤和点心在内），据说是又好吃，又不费事。这时候正是英国的国货年，所以报纸上颇为揄扬一番。可是，现在欧洲的风气，吃饭要少要快，那些陈年的老古董，怕总有些不合时宜吧。

吃饭要快，为的忙，欧洲人不能像咱们那样慢条斯理儿的，大家知道。干吗要少呢？为的卫生，固然不错，还有别的：女的男的都怕胖。女的怕胖，胖了难看；男的也爱那股标劲儿，要像个运动家。这个自然说的是中年人少年人；老头子挺着个大肚子的却有的是。欧洲人一日三餐，分量颇不一样。像德国，早晨只有咖啡面包，晚间常冷食，只有午饭重些。法国早晨是咖啡，月芽饼，午饭晚饭似乎一般分量。英国却早晚饭并重，午饭轻些。英国讲究早饭，和我国成都等处一样。有麦粥、火腿蛋、面包、茶，有时还有熏咸鱼、果子。午饭顶简单的，可以只吃一块烤面包，一杯咖啡；有些小饭店里出卖午饭盒子，是些冷鱼冷肉之类，却没有卖晚饭盒子的。

伦敦头等饭店总是法国菜，二等的有意大利菜、法国菜、瑞士菜之分；旧城馆子和茶饭店等才是本国味道。茶饭店与煎炸店其实都是小饭店的别称。茶饭店的"饭"原指的午饭，可是卖的东西并不简单，吃晚饭满成；煎炸店除了煎炸牛肉排羊排骨之外，也卖别的。头等饭店没去过，意大利的馆子却去过两家。一家在牛津街，规模很不小，晚饭时有女杂耍和跳舞。只记得那回第一道菜是生蚝之类；一种特制的盘子，边上围着七八个圆格子，每格放半个生蚝，吃起来很雅相。另一家在由斯敦路，也是个热闹地方。这家却小小的，通心细粉做得最好；将粉切成半分来长的小圈儿，用黄油煎熟了，平铺在盘儿里，洒上干酪（计司①）粉，轻松鲜美，妙不可言。还有炸"搦气蚝"，鲜嫩清香，蛶蛑，瑶柱，都不能及；只有宁波的蛎黄仿佛近之。

茶饭店便宜的有三家：拉衣恩司（Lyons），快车奶房，ABC面包房。每家都开了许多店子，遍布市内外；ABC比较少些，也贵些，拉衣恩司最多。快车奶房炸小牛肉小牛肝和红烧鸭块都还可口；他们烧鸭块用木炭火，所以颇有中国风味。ABC炸牛肝也可吃，但火急肝老，总差点儿事；点心烤得却好，有几件比得上北平法国面包房。拉衣恩司似乎没甚么出色的东西；但他家有两处"角店"，都在闹市转角处，那里却有好吃的。角店一是上下两大间，一是三层三大间，都可容一千五百人左右；晚上有乐队奏乐。一进去只见黑压压的坐满了人，过道处窄得可以，但是气象颇为阔大（有个英国学生讥为"穷人的宫殿"，也许不错）；在那里往往找了半天站了半天才等着空位子。这三家所有的店子都用女侍者，只有两处角店里却用了些男侍者——男侍者工钱贵些。男女侍者都穿了黑制服，女的更戴上

_____

①现译作"奶酪"。——编者注

白帽子，分层招待客人。也只有在角店里才要给点小费（虽然门上标明"无小费"字样），别处这三家开的铺子里都不用给的。曾去过一处角店，烤鸡做得还入味；但是一只鸡腿就合中国一元五角，若吃鸡翅还要贵点儿。茶饭店有时备着骨牌等等，供客人消遣，可是向侍者要了玩的极少；客人多的地方，老是有人等位子，干脆就用不着备了。此外还有一些生蚝店，专吃生蚝，不便宜；一位房东太太告诉我说"不卫生"，但是吃的人也不见少。吃生蚝却不宜在夏天，所以英国人说月名中没有"R"（五六七八月），生蚝就不当令了。伦敦中国饭店也有七八家，贵贱差得很大，看地方而定。菜虽也有些高低，可都是变相的广东味儿，远不如上海新雅好。在一家广东楼要过一碗鸡肉馄饨，合中国一元六角，也够贵了。

　　茶饭店里可以吃到一种甜烧饼（muffin）和窝儿饼（crumpet）。甜烧饼仿佛我们的火烧，但是没馅儿，软软的，略有甜味，好像掺了米粉做的。窝儿饼面上有好些小窝窝儿，像蜂房，比较地薄，也像掺了米粉。这两样大约都是法国来的；但甜烧饼来的早，至少二百年前就有了。厨师多住在祝来巷（Drury Lane），就是那著名的戏园子的地方；从前用盘子顶在头上卖，手里摇着铃子。那时节人家都爱吃，买了来，多多抹上黄油，在客厅或饭厅壁炉上烤得热辣辣的，让油都浸进去，一口咬下来，要不沾到两边口角上。这种偷闲的生活是很有意思的。但是后来的窝儿饼浸油更容易、更香，又不太厚、太软，有咬嚼些，样式也波俏；人们渐渐地喜欢它，就少买那甜烧饼了。一位女士看了这种光景，心下难过；便写信给《泰晤士报》，为甜烧饼抱不平。《泰晤士报》特地做了一篇小社论，劝人吃甜烧饼以存古风；但对于那位女士所说的窝儿饼的坏话，却宁愿存而不论，大约那论者也是爱吃窝儿饼的。

复活节（三月或四月）时候，人家吃煎饼（pancake），茶饭店里也卖；这原是忏悔节（二月底或三月底）忏悔人晚饭后去教堂之前吃了好熬饿的，现在却在早晨吃了。饼薄而脆，微甜。北平中原公司卖的"胖开克"（煎饼的音译）却未免太"胖"，而且软了。——说到煎饼，想起一件事来：美国麻省勃克夏地方（Berkshire Country）有"吃煎饼竞争"的风俗，据《泰晤士报》说，一九三二的优胜者一气吃下四十二张饼，还有腊肠热咖啡。这可算"真正大肚皮"了。

英国人每日下午四时半左右要喝一回茶，就着烤面包黄油。请茶会时，自然还有别的，如火腿夹面包，生豌豆苗夹面包，茶馒头（tea scone）等等。他们很看重下午茶，几乎必不可少，又可乘此请客，比请晚饭简便省钱得多。英国人喜欢喝茶，过于喝咖啡，和法国人相反；他们也煮不好咖啡。喝的茶现在多半是印度茶；茶饭店里虽卖中国茶，但是主顾寥寥。不让利权外溢固然也有关系，可是不利于中国茶的宣传（如说制时不干净）和茶味太淡才是主要原因。印度茶色浓味苦，加上牛奶和糖正合式[①]；中国红茶不够劲儿，可是香气好。奇怪的是茶饭店里卖的，色香味都淡得没影子。那样茶怎么会运出去，真莫名其妙。

街上偶然会碰着提着筐子卖落花生的（巴黎也有），推着四轮车卖炒栗子的，教人有故国之思。花生栗子都装好一小口袋一小口袋的，栗子车上有炭炉子，一面炒，一面装，一面卖。这些小本经纪[②]在伦敦街上也颇古色古香，点缀一气。栗子是干炒，与我们"糖炒"的差得太多了。——英国人吃饭时也有干果，如核桃、榛子、椎子，还有巴西乌菱（原名 Brazils，巴西出产，中国通称"美国乌菱"），乌菱实大而肥，香脆爽口，运到中国的太干，便不大好。他们专有一种干果夹，像钳子，将干果夹进去，使劲一握夹子柄，"格"的一声，皮壳碎裂，有些蹦到远处，也好玩儿的。苏州有瓜子夹，像剪刀，却只透着玲珑小巧，用不上劲儿去。

1935 年 2 月 4 日作

（原载于 1935 年 3 月 1 日《中学生》第 53 号 ）

[①] 现作"合适"。——编者注
[②] 现作"经济"。——编者注

落花生

/ 许地山

　　我们屋后有半亩隙地。母亲说："让他荒芜着怪可惜，既然你们那么爱吃花生，就辟来做花生园罢。"我们几姊弟和几个小丫头都很喜欢——买种底买种，动土底动土，灌园底灌园；过不了几个月，居然收获了！

　　妈妈说："今晚我们可以做一个收获节，也请你们爹爹来尝尝我们的新花生，如何？"我们都答应了。母亲把花生做成好几样底食品，还吩咐这节期要在园里底茅亭举行。

　　那晚上的天色不大好，可是爹爹也到来，实在很难得！爹爹说："你们爱吃花生么？"

　　我们都争着答应："爱！"

　　"谁能把花生底好处说出来？"

　　姊姊说："花生底气味很美。"

　　哥哥说："花生可以制油。"

我说："无论何等人都可以用贱价买他来吃，都喜欢吃他。这就是他底好处。"

爹爹说："花生的用处固然很多，但有一样是很可贵的。这小小的豆不像那好看的苹果、桃子、石榴，把他们底果实悬在枝上，鲜红嫩绿的颜色，令人一望而发生羡慕底心。他只把果子埋在地底，等到成熟，才容人把他挖出来，你们偶然看见一棵花生瑟缩地长在地上，不能立刻辨出他有没有果实，非得等到你接触他才能知道。"

我们都说："是的。"母亲也点点头。爹爹接下去说："所以你们要像花生，因为他是有用的，不是伟大、好看的东西。"我说："那么，人要做有用的人，不要做伟大、体面的人了。"爹爹说："这是我对于你们底希望。"

我们谈到夜阑才散，所有花生食品虽然没有了，然而父亲底话现在还印在我心版上。

（原载于 1922 年 8 月《小说月报》第 13 卷第 8 号）

绍兴东西

/ 孙伏园

　　从前听一位云南朋友潘孟琳兄谈及，云南有一种挑贩，挑着两个竹篓子，口头叫着："卖东西呵！"这种挑贩全是绍兴人，挑里面的东西全是绍兴东西；顾主一部分自然是绍兴旅滇同乡，一部分却是本地人及别处人。所谓绍兴东西就是干菜、笋干、茶叶、腐乳，等等。

　　绍兴有这许多特别食品，绍兴人在家的时候并不觉得，一到旅居外方的时候便一样一样的想起来了；绍兴东西的挑子就是应了这种需要而发生的；我在北京、在武汉、在上海，也常常看见这一类挑子。

　　解剖起来，所谓绍兴东西有三种特性：第一是干食，第二是腐食，第三是蒸食。

　　干食不论动植物质，好处在：（1）整年的可以享用这类食品，例如没有笋的时候可以吃笋干，没有黄鱼的时候可以吃白鲞（这字读作"响"，是一个浙东特有的字，别处连认也不认得）；（2）增加一种不同的口味，例如芥菜干和白菜干，完全不是芥菜和白菜的口味，白鲞完全不是黄鱼的口味，虾米完全不是虾仁的口味；（3）增加携带的便利，既少重量，又少面积，既没有水分，又不会腐烂。这便是干食的好处。

至于腐食，内容和外表的改变比干食还厉害。爱吃腐食不单是绍兴人为然，别处往往也有一样两样东西是腐了以后吃的，例如法国人爱吃腐了的奶油，北京人爱吃臭豆腐和变蛋（俗曰皮蛋）。但是，绍兴人确比别处人更爱吃腐食。腐乳在绍兴名曰"霉豆腐"，有"红霉豆腐"和"白霉豆腐"之别。白霉豆腐又有臭和不臭两种，臭的曰"臭霉豆腐"，不臭的则有"醉方"和"糟方"，因为都是方形的。此外，千张（一名"百叶"）也有腐了吃的，曰"霉千张"。笋也腐了吃，曰"霉笋"。菜根也腐了吃，曰"霉菜头"。苋菜的梗也腐了吃，曰"霉苋菜梗"。霉苋菜梗蒸豆腐是妙味的佐饭菜。这便渐渐讲到蒸食的范围里去了。

蒸食也有许多特别的东西。但绝没有别处的讲究，例如荷叶米粉肉的蒸食，和鲫鱼青蛤的蒸食，是各处都有的，但绍兴人往往蒸食青菜豆腐这类粗东西。这里我要请周启明先生原谅，没有得到他的同意，发表了他托我买盐奶的一张便条。盐奶是一种烧盐的余沥。烧盐的时候，盐汁有点点滴下的，积在柴灰堆里，成为灰白色的煤块样的东西，这便是盐奶。盐奶的味道仍是咸——盐奶的得名和钟乳石的得名同一道理——而别具鲜味，最宜于做"擂豆腐"吃。"擂"者是捣之搅之之谓。豆腐擂了之后，加以盐奶，面上或者加些笋末和麻油，在饭锅子里一蒸，是多蒸几次更好，取出食之，便是价廉味美的"擂豆腐"了。又如干菜蒸肉，是生肉一层，干菜一层，放在碗中蒸的，大约要蒸二十次或十五次，使肉中有干菜味，干菜中也有肉味。此外，用白鲞和鸡共蒸，味道也是无穷，西湖碧梧轩绍酒馆便以这"鲞拼鸡"名于世。

（原载于《文艺茶话》第 2 卷第 2 期，
1933 年 9 月 1 日出版）

风檐尝烤肉

/ 张恨水

有人吃过北平的松柴烤肉吗？现在街头上橙黄橘绿，菊花摊子四处摆着，尝过这异味的人，就会对北平悠然神往。

据传说，松柴烤牛肉，那才是真正的北方大陆风味，吃这种东西，不但是尝那个味，还要领略那个意境。你是个士大夫阶级，当然你无法去领略。就是我在北平作客的二十年，也是最后几年，变了方法去尝的，真正吃烤肉的功架，我也是"仆病未能"。那么，是怎么个景呢？说出来你会好笑的。

任何一条马路上，有极宽的人行路。这路总在一丈开外，在不妨碍行人的屋檐下，有些地方，是可以摆着浮摊的。这卖烤牛肉的炉灶，就是放置在这种地方。无论这炉灶属于大馆子小馆子或者饭摊儿，布置全是一样。一个高可三尺的圆炉灶，上面罩着一个铁棍罩子，北方人叫着甑（读如赠），将二三尺长的松树柴，塞到甑底下去烧。卖肉的人，将牛羊肉切成像牛皮纸那么薄，巴掌大一块（这就是艺术），用碟儿盛着，放在柜台或摊板上，当太阳黄黄儿的，斜临在街头，西北风在人头上瑟瑟吹过，松火柴在炉灶上吐着红焰，带了缭绕的青烟，横过马路。在下风头远远地嗅到一种烤肉香，于是有这嗜好的人，就情不自禁的会走了过去，叫声："掌柜的，来两碟！"这里炉子四周，围了四条矮板凳，可不是坐着的，你要坐着，是上洋车坐车踏板，算来上等车了。你走过去，可以将长袍儿大襟一撩，把右脚踏在凳子上。店伙自会把肉送来，放在炉子木架上。另外是一碟葱白，一碗料酒酱油的掺和物。木架上有竹竿做的长棍子，长约一尺五六。你夹起碟子里的肉，向酱油料酒里面一和弄，立刻送到铁甑的火焰上去烤炼。但别忘了放葱白，去掺和着，于是肉气味、葱气味、酱油酒气味、松烟气味，融合一处，铁烙罩上吱吱作响，筷子越翻弄越香。

你要是吃烧饼，店伙会给你送一碟火烧来。你要是喝酒，店伙给你送一只杯子，一个三寸高的小锡瓶儿来。那时你左脚站在地上，右脚踏在凳上，右手拿了长筷子在甑上烤肉，左手两指夹了锡瓶嘴儿，向木架子上杯子里斟白干。一筷子熟肉送到口，接着举杯抿上一口酒，那神气就大了。"虽南面王无以易也！"

趣味还不止此，一个甑，同时可以围了六七个人吃。大家全是过路人，谁也不认识谁。可是各人在甑上占一块小地盘烤肉，有个默契的君子协定，互不侵犯。各烤各的，各吃各的。偶然交上一句话：“味儿不坏！”于是做个会心的微笑。吃饱了，人喝足了，在店堂里去喝碗小米稀饭，就着盐水疙瘩，或者要个天津萝卜啃，浓腻了之后再来个清淡，其味无穷。另有个笑话，不巧，烤肉时，站在下风头，炉子里松烟，可向脸上直扑，你得时时闪开，去揉擦眼泪水儿。可是一面揉眼睛，一面火长快干烤肉，也有的是，那就是趣味吗！

　　这样说来，士大夫阶级，当然尝不到这滋味。不，顺直门里烤肉宛家的灰棚里，东安市场东来顺三层楼上，前门外正阳楼院子里，也可以烤肉吃。尤其是烤肉宛家，每到夕阳西下，喝小米稀饭的雅座里，可以搬出二三十件狐皮大衣，自然，那灰棚门口，停着许多漂亮汽车。唉！于今想来，是一场梦。

　　　　　　　　（原载于 1944 年 11 月 6 日重庆《新民报》）

咬菜根

/ 朱湘

"咬得菜根，百事可作。"这句成语，便是我们祖先留传下来，教我们不要怕吃苦的意思。

还记得少年的时候，立志要做一个轰轰烈烈的英雄，当时不知在哪本书内发现了这句格言，于是拿起案头的笔，将它恭楷抄出，粘在书桌右方的墙上，并且在胸中下了十二分的决心，在中饭时候，一定要牺牲别样的菜不吃，而专咬菜根。上桌之后，果然战退了肉丝焦炒香干的诱惑，致全力于青菜汤的碗里搜求菜根。找到之后，一面着力的咬，一面又在心中决定，将来做了英雄的时候，一定要叫老唐妈特别为我一人炒一大盘肉丝香干摆上得胜之筵。

萝卜当然也是一种菜根。有一个新鲜的早晨，在卖菜的吆喝声中，起身披衣出房，看见桌上放着一碗雪白的热气腾腾的粥，粥碗前是一盘腌菜，有长条的青黄色的豇豆，有灯笼形的通红的辣椒，还有萝卜，米白色而圆滑，有如一些煮熟了的鸡蛋。这与范文正的淡黄荠差得多远！我相信那个说咬得菜根百事可作的老祖宗，要是看见了这样的一顿早饭，决定会摇他那白发之头的。

还有一种菜根，白薯。但是白薯并不难咬，我看我们的那班能吃苦的祖先，如果由奈河桥或是望乡台在过年过节的时候回家，我们决不可供些什么煮得木头般硬的鸡或是浑身有刺的鱼。因为他们老人家的牙齿都掉完了，一定领略不了我们这班后人的孝心；我们不如供上一盘最容易咬的食品：煮白薯。

如果咬菜根能算得艰苦卓绝，那我简直可以算得艰苦卓绝中最艰苦卓绝的人了。因为我不单能咬白薯，并且能咬这白薯的皮。给我一个刚出灶的烤白薯，我是百事可做的；甚至教我将那金子一般黄的肉通通让给你，我都做得到。唯独有一件事，我却不肯做，那就是把烤白薯的皮也让给你；它是全个烤白薯的精华，又香又脆，正如那张红皮，是全个红烧肘子的精华一样。

山药、慈菇，也是菜根。但是你如果拿它们来给我咬，我并不拒绝。

我并非一个主张素食的人，但是却不反对咬菜根。据西方的植物学者的调查，中国人吃的菜蔬有六百种，比他们多六倍。

我宁可这六百种的菜根，种种都咬到，都不肯咬一咬那名扬四海的猪尾或是那摇来乞怜的狗尾，或是那长了疮脓血也不多的耗子尾巴。

食味杂记

/ 鲁彦

  如其他的宁波人一般，我们家里每当十一二月间也要做一石左右米的点心，磨几斗糯米的汤果。所谓点心，就是有些地方的年糕，不过在我们那里还包括着形式略异的薄饼、厚饼、元宝，等等。汤果则和汤团（有些地方叫作元宵团）完全是一类的东西，所差的是汤果只如钮子那样大小而且没有馅子。点心和汤果做成后，我们几乎天天要煮着当饭吃。我们一家人都非常喜欢这两种东西，正如其他的宁波人一般。

  母亲姐姐妹妹和我都喜欢吃咸的东西，我们总是用菜煮点心和汤果。但父亲的口味恰和我们的相反，他喜欢吃甜的东西。我们每年盼望父亲回家过年，只是要煮点心和汤果吃时，父亲若在家里便有点为难了。父亲吃咸的东西正如我们吃甜的东西一般，一样地咽不下去。我们两方面都难以迁就。母亲是最要省钱的，到了这时也只有甜的和咸的各煮一锅。照普遍的宁波人的俗例，正月初一必须吃一天甜汤果，因此欢天喜地的元旦在我们是一个磨难的日子，我们常常私自谈起，都有点怪祖宗不该创下这种规例。腻滑滑的甜汤果，我们勉强而又勉强地还吃不下一碗，父亲却能吃三四碗。我们对于父亲的嗜好都觉得奇怪、神秘。"甜的东西是没有一点味的。"我每每对父亲说。

二十几年来，我不仅不喜欢吃甜的东西，而且看见甜的（糖却是例外）还害怕，而至于厌憎。去年珊妹给我的信中有一句"蜜饯一般甜的……"竟忽然引起了我的趣味，觉得甜的滋味中还有令人魂飞的诗意，不能不去探索一下。因此遇到甜的东西，每每捐除了成见，带着几分好奇心情去尝试。直到现在，我的舌头仿佛和以前不同了。它并不觉得甜的没有味，在甜的和咸的东西在面前时，它都要吃一点。"甜的东西是没有一点味的"，这句话我现在不说了。

从前在家里，梅还没有成熟的时候，母亲是不许我去买来吃的，因为太酸了。但明买不能，偷买却还做得到。我非常爱吃酸的东西，我觉得梅熟了反而没有味，梅的美味即在未成熟的时候。故乡的杨梅甜中带酸，在果类中算最美味的，我每每吃得牙齿不能吃饭。大概就是因为吃酸的果品吃惯了，近几年来在吃饭的时候，总是想把任何菜浸在醋中吃。有一年在南京，几乎每餐要一二碗醋。不仅浸菜吃，竟喝着下饭了。朋友们都有点惊骇，他们觉得这是一种古怪的嗜好，仿佛背后有神的力一般。但这在我是再平常也没有的事情了。醋是一种美味的东西，绝不是使人害怕的东西，在我觉得。

许多人以为浙江人都不会吃辣椒，这却不对。据我所知，三江一带的地方，出辣椒的很多，会吃辣椒的人也很多。至于宁波，确是不大容易得到辣椒，宁波人除了少数在外地久住的人外，差不多都不会吃辣椒。辣椒在我们那边的乡间只是一种玩赏品。人家多把它种在小小的花盆里，和鸡冠花、满堂红之类排列在一处，欣赏辣椒由青色变成红色。那里的种类很少，大一点的非常不易得到，普通多是一种圆形的像钮子般大小的所谓钮子辣茄（宁波人喊辣椒为辣茄），但这一种也还并不多见。我年幼时不晓得辣椒是可以吃的东西，只晓得它很辣，除了玩赏之外还可以欺侮新娘子或新女婿。谁家的花轿进了门，常常便有许多孩子拿了羊尾巴或辣椒伸手到轿内去，往新娘子的嘴上抹。新女婿第一次到岳家时，年青的男女常常串通了厨子，暗地里在他的饭内拌一点辣椒，看他辣得皱上眉毛，张着口，"胥胥"的响着，大家就哄然笑了起来。我自在北方吃惯了辣椒，去年回到家里要买一点吃吃便感到非常的苦恼。好容易从城里买了一篮（据说城里有辣椒出卖还是最近几年的事），味道却如青菜一般一点也不辣。邻居听说我能吃辣椒，都当作一种新闻传说。平常一提到我，总要连带地提到辣椒。他们似乎把我当作一个外地人看待。他们看见我吃辣椒，便要发笑。我从他们眼光中发觉到他们的脑中存着"他是夷狄之邦的人"的意思。

南方人到北方来最怕的是北方人口中的大蒜臭。然而这臭在北方人却是一种极可爱的香气。

在南方人闻了要呕，在北方人闻了大概比仁丹还能提神。我以前在北京好几处看见有人在吃茶时从衣袋里摸出一包生大蒜头，也同别人一样的奇怪，一样的害怕。但后来吃了几次，觉得这味道实在比辣椒好得多，吃了大蒜以后还有一种后味和香气久久地留在口中。今年端午节吃粽子，甚至用它拌着吃了。"大蒜是臭的"这句话，从此离开了我的嘴巴。

宁波人腌菜和湖南人不同。湖南人多是把菜晒干了切碎，装入坛里，用草和篾片塞住了坛口，把坛倒竖在一只盛少许清水的小缸里。这样，空气不易进去，坛中的菜放一年两年也不易腐败，只要你常常调换小缸里的清水。宁波人腌菜多是把菜洗净，塞入坛内，撒上盐，倒入水，让它浸着。这样做法，在一礼拜至两月中咸菜的味道确是极其鲜嫩，但日子久了，它就要慢慢地腐败，腐败得臭不堪闻，而至于坛中拥浮着无数的虫。然而宁波人到了这时不但不肯弃掉，反而比才腌的更喜欢吃了。有许多乡下人家的陈咸菜一直吃到新咸菜可吃时还有。这原因除了节钱之外，还有一个原因是为的越臭越好吃。还有一种为宁波人所最喜欢吃的是所谓"臭苋菜股"。这是用苋菜的干腌菜似的做成的。它的腐败比咸菜容易，其臭气也比咸菜来得厉害。他们常常把这种已臭的汤倒一点到未臭的咸菜里去，使这未臭的咸菜也赶快的臭起来。有时煮什么菜，他们也加上一两碗臭汤。有的人闻到了邻居的臭汤气，心里就非常地神往；若是在谁家讨得了一碗，便千谢万谢，如得到了宝贝一般。我在北方住久了，不常吃鱼，去年回到家里一闻到鱼的腥气就要呕吐，惟几年没有吃臭咸菜和臭苋菜股，见了却还一如从前那么地喜欢。在我觉得这种臭气中分明有比芝兰还香的气息，有比肥肉鲜鱼还美的味道。然而和外省人谈话中偶尔提及，他们就要掩鼻而走了，仿佛这臭食物不是人类所该吃的一般。

（原载于 1925 年 8 月 10 日《东方杂志》第 22 卷第 15 期）

饮食男女在福州

/ 郁达夫

福州的食品，向来就很为外省人所赏识：前十余年在北平，说起私家的厨子，我们总同声一致的赞成刘崧生先生和林宗孟先生家里的蔬菜的可口。当时宣武门外的忠信堂正在流行，而这忠信堂的主人，就系旧日刘家的厨子，曾经做过清室的御厨房的。上海的小有天以及现在早已歇业了的消闲别墅，在粤菜还没有征服上海之先，也曾盛行过一时。面食里的伊府面，听说还是汀州伊墨卿太守的创作；太守住扬州日久，与袁子才也时相往来，可惜他没有像随园老人那么的好事，留下一本食谱来，教给我们以烹调之法；否则，这一个福建萨伐郎（Savarin）的荣誉，也早就可以驰名海外了。

福建菜的所以会这样著名，而实际上却也实在是丰盛不过的原因，第一，当然是由于天然物产的富足。福建全省，东南并海，西北多山，所以山珍海味，一例的都贱如泥沙。听说沿海的居民，不必忧虑饥饿，大海潮回，只消上海滨去走走，就可以拾一篮海货来充作食品。又加以地气温暖，土质腴厚，森林蔬菜，随处都可以培植，随时都可以采撷。一年四季，笋类菜类，常是不断；野菜的味道，吃起来又比别处的来得鲜甜。福建既有了这样丰富的天产，而加上以在外省各地游宦营商者的数目的众多，作料采从本地，烹制学自外方，五味调和，百珍并列，于是乎闽菜之名，就宣传在饕餮家的口上了。清初周亮工著的《闽小纪》两卷，记述食品处独多，按理原也是应该的。

福州海味，在春三二月间，最流行而最肥美的，要算来自长乐的蚌肉，与海滨一带多有的蛎房。《闽小纪》里所说的西施舌，不知是否指蚌肉而言；色白而腴，味脆且鲜，以鸡汤煮得适宜，长圆的蚌肉，实在是色香味俱佳的神品。听说从前有一位海军当局者，老母病剧，颇思乡味；远在千里外，欲得一蚌肉，以解死前一刻的渴慕，部长纯孝，就以飞机运蚌肉至都。从这一件轶事看来，也可想见这蚌肉的风味了；我这一回赶上福州，正及蚌肉上市的时候，所以红烧白煮，吃尽了几百个蚌，总算也是此生的豪举，特笔记此，聊志口福。

蛎房并不是福州独有的特产，但福建的蛎房，却比江浙沿海一带所产的，特别的肥嫩清洁。正二三月间，沿路的摊头店里，到处都堆满着这淡蓝色的水包肉：价钱的廉，味道的鲜，比到东坡在岭南所贪食的蚝，当然只会得超过。可惜苏公不曾到闽海去谪居，否则，阳羡之田，可以不买，苏氏子孙，或将永寓在三山二塔之下，也说不定。福州人叫蛎房作"地衣"，略带"挨"字的尾声，写起字来，我想只有"蚳"字，可以当得。

在清初的时候，江瑶柱似乎还没有现在那么的通行，所以周亮工再三的称道，誉为逸品。在目下的福州，江瑶柱却并没有人提起了，鱼翅席上，缺少不得的，倒是一种类似宁波横脚蟹的蟳蟹，福州人叫作"新恩"，《闽小纪》里所说的虎蟳，大约就是此物。据福州人说，蟳肉最滋补，也最容易消化，所以产妇病人以及体弱的人，往往爱吃。但由对蟹类素无好感的我看来，却仍赞成周亮工之言，终觉得质粗味劣，远不及蚌与蛎房或香螺的来得干脆。

福州海味的种类，除上述的三种以外，原也很多很多；但是别地方也有，我们平常在上海也常常吃得到的东西，记下来也没有什么价值，所以不说。至于与海错相对的山珍哩，却更是可以干制，可以输出的东西，益发的没有记述的必要了，所以在这里只想说一说叫作肉燕的那一种奇异的包皮。

初到福州，打从大街小巷里走过，看见好些店家，都有一个大砧头摆在店中；一两位壮强的男子，拿了木锥，只在对着砧上的一大块猪肉，一下一下的死劲地敲。把猪肉这样的乱敲乱打，究竟算什么回事？我每次看见，总觉得奇怪；后来向福州的朋友一打听，才知道这就是制肉燕的原料了。所谓肉燕者，就是将猪肉打得粉烂，和入面粉，然后再制成皮子，如包馄饨的外皮一样，用以来包制菜疏的东西。听说这物事在福建，也只是福州独有的特产。

福州食品的味道，大抵重糖；有几家真正福州馆子里烧出来的鸡鸭四件，简直是同蜜饯的罐头一样，不杂入一粒盐花。因此福州人的牙齿，十人九坏。有一次去看三赛乐的闽剧，看见台上演戏的人，个个都是满口金黄；回头更向左右的观众一看，妇女子的嘴里也大半镶着全副的金色牙齿。于是天黄黄，地黄黄，弄得我这一向就痛恨金牙齿的偏执狂者，几乎想放声大哭，以为福州人故意在和我捣乱。

将这些脱嫌糖重的食味除起，若论到酒，则福州的那一种土黄酒，也还勉强可以喝得。周亮工所记的玉带春、梨花白、蓝家酒、碧霞酒、莲须白、河清、双夹、西施红、状元红等，我都不曾喝过，所以不敢品评。只有会城各处在卖的鸡老（酪）酒，颜色却和绍酒一样的红似琥珀，味道略苦，喝多了觉得头痛。听说这是以一生鸡，悬之酒中，等鸡肉鸡骨都化了后，然后开坛饮用的酒，自然也是越陈越好。福州酒店外面，都写酒库两字，发卖叫发扛，也是新奇得很的名称。以红糟酿的甜酒，味道有点像上海的甜白酒，不过颜色桃红，当是西施红等名目出处的由来。莆田的荔枝酒，颜色深红带黑，味甘甜如西班牙的宝德红葡萄，虽则名贵，但我却终不喜欢。福州一般宴客，喝的总还是绍兴花雕，价钱极贵，斤量又不足，而酒味也淡似沪杭各地，我觉得建庄终究不及京庄。

福州的水果花木，终年不断；橙柑、福橘、佛手、荔枝、龙眼、甘蔗、香蕉，以及茉莉、兰花、橄榄等等，都是全国闻名的品物；好事者且各有谱牒之著，我在这里，自然可以不说。

闽茶半出武夷，就是不是武夷之产，也往往借这名山为号召。铁罗汉，铁观音的两种，为茶中柳下惠，非红非绿，略带赭色；酒醉之后，喝它三杯两盏，头脑倒真能清醒一下。其他若龙团玉乳，大约名目总也不少，我不恋茶娇，终是俗客，深恐品评失当，贻笑大方，在这里只好轻轻放过。

从《闽小纪》中的记载看来，番薯似乎还是福建人开始从南洋运来的代食品；其后因种植的便利，食味的甘美，就流传到内地去了；这植物传播到中国来的时代，只在三百年前，是明末清初的时候，因亮工所记如此，不晓得究竟是否确实。不过福建的米麦，向来就说不足，现在也须仰给于外省或台湾，但田稻倒又可以一年两植。而福州正式的酒席，大抵总不吃饭散场，因为菜太丰盛了，吃到后来，总已个个饱满，用不着再以饭颗来充腹之故。

饮食处的有名处所，城内为树春园、南轩、河上酒家、可然亭等。味和小吃，亦佳且廉；仓前的鸭面，南门兜的素菜与牛肉馆，鼓楼西的水饺子铺，都是各有长处的小吃处；久吃了自然不对，偶尔去一试，倒也别有风味。城外在南台的西菜馆，有嘉宾、西宴台、法大、西来，以及前临闽江，内设戏台的广聚楼等。洪山桥畔的义心楼，以吃形同比目鱼的贴沙鱼著名；仓前山的快乐林，以吃小盘西洋菜见称，这些当然又是菜馆中的别调。至如我所寄寓的青年会食堂，地方清洁宽广，中西菜也可以吃吃，只是不同耶稣的飨宴十二门徒一样，不许顾客醉饮葡萄酒浆，所以正式请客，大感不便。

此外则福建特有的温泉浴场，如汤门外的百合、福龙泉，飞机场的乐天泉等，也备有饮馔供客；浴客往往在这些浴场里，可以鬼混一天，不必出外去买酒买食，却也便利。从前听说更可以在个人池内男女同浴，则饮食男女，就不必分求，一举竟可以两得了。

要说福州的女子，先得说一说福建的人种。大约福建土著的最初老百姓，为南洋近边的海岛人种；所以面貌习俗，与日本的九州一带，有点相像。其后汉族南下，与这些土人杂婚，就成了无诸种族，系在春秋战国，吴越争霸之后。到得唐朝，大兵入境；相传当时曾杀尽了福建的男子，只留下女人，以配光身的兵士；故而直至现在，福州人还呼丈夫为"唐晡人"，晡者，系日暮袭来的意思，同时女人的"诸娘仔"之名，也出来了。还有现在东门外北门外的许多工女农妇，头上仍带着三把银刀似的簪为发饰，俗称他们作三把刀，据说犹是当时的遗制。因为她们的父亲丈夫儿子，都被外来的征服者杀了；她们誓死不肯从敌，故而时时带着三把刀在身边，预备复仇。只今台湾的福建籍妓女，听说也是一样；亡国到了现在，也已经有好多年了，而她们却仍不肯与日本的嫖客同宿。若有人破此旧习，而与日本嫖客同宿一宵者，同人中就视作禽兽，耻不与伍，这又是多么悲壮的一幕惨剧！谁说犹唱后庭花处，商女都不知家国的兴亡哩！试看汉奸到处卖国，而妓女乃不肯辱身，其间相去，又岂只泾渭的不同？这一种古代的人种，与唐人杂婚之后，一部分不完全唐化，仍保留着他们固有的生活习惯，宗教仪式的，就是现在仍旧退居在北门外万山深处的畲民。此外的一族，以水上为家，明清以后，一向被视为贱民，不时受汉人的蹂躏的，相传其祖先系蒙古人。自元亡后，遂贬为疍户，俗呼科蹄。科蹄实为曲蹄之别音，因他们常常曲膝盘坐在船舱之内，两脚弯曲，故有此称。串通倭寇，骚扰沿海一带的居民，古时在泉州叫作泉郎的，就是这一种人种的旁支。

因为福州人种的血统，有这种种的沿革，所以福建人的面貌，和一般中原的汉族，有点两样。大致广颡深眼，鼻子与颧骨高突，两颊深陷成窝，下额部也稍稍尖凸向前。这一种面相，生在男人的身上，倒也并不觉得特别；但一生在女人的身上，高突部为嫩白的皮肉所调和，看起来却个个都是线条刻画分明，像是希腊古代的雕塑人形了。福州女子的另一特点，是在她们的皮色的细白。生长在深闺中的宦家小姐，不见天日，白腻原也应该；最奇怪的，却是那些住在城外的工农佣妇，也一例地有着那种嫩白微红，像刚施过脂粉似的皮肤。大约日夕灌溉的温泉浴是一种关系，吃的闽江江水，总也是一种关系。

我们从前没有居住过福建，心目中总只以为福建人种，是一种蛮族。后来到了那里，和他们的文化一接触，才晓得他们虽则开化得较迟，但进步得却很快；又因为东南是海港的关系，中西文化的交流，也比中原僻地为频繁，所以闽南的有些都市，简直繁华摩登得可以同上海来争甲乙。及至观察稍深，一移目到了福州的女性，更觉得她们的美的水准，比苏杭的女子要高好几倍；而装饰的入时，身体的康健，比到苏州的小型女子，又得高强数倍都不止。

"天生丽质难自弃"，表露欲，装饰欲，原是女性的特嗜；而福州女子所有的这一种显示本能，似乎比什么地方的人还要强一点。因而天晴气爽，或岁时伏腊，有迎神赛会的关头，南大街，仓前山一带，完全是美妇人披露的画廊。眼睛个个是灵敏深黑的，鼻梁个个是细长高突的，皮肤个个是柔嫩雪白的；此外还要加上以最摩登的衣饰，与来自巴黎纽约的化妆品的香雾与红霞，你说这幅福州晴天午后的全景，美丽不美丽？迷人不迷人？

亦唯因此之故，所以也影响到了社会，影响到了风俗。国民经济破产，是全国到处都一样的事实；而这些妇女子们，又大半是不生产的中流以下的阶级。衣食不足，礼义廉耻之凋伤，原是自然的结果，故而在福州住不上几月，就时时有暗娼流行的风说，传到耳边上来。都市集中人口以后，这实在也是一种不可避免而急待解决的社会大问题。

说及了娼妓，自然不得不说一说福州的官娼。从前邵武诗人张亨甫，曾著过一部《南浦秋波录》，是专记南台一带的烟花韵事的；现在世业凋零，景气全落，这些乐户人家，完全没有旧日的豪奢影子了。福州最上流的官娼，叫作白面处，是同上海的长三一样的款式。听几位久住福州的朋友说，白面处近来门可罗雀，早已掉在没落的深渊里了；其次还勉强在维持市面的，是以卖嘴不卖身为标榜的清唱堂，无论何人，只需花三元法币，就能进去听三出戏。就是这一时号称极盛的清唱堂，现在也一家一家的废了业，只剩了田墩的三五家人家。自此以下，则完全是惨无人道的下等娼妓，与野鸡款式的无名密贩了。数目之多，求售之切，到了骇人听闻的地步。至于城内的暗娼，包月妇，零售处之类，只听见公安维持者等谈起过几次，报纸上见到过许多回，内容虽则无从调查，但综合起来，究证以社会的萧条，产业的不振，国步的艰难，与夫人口的过剩，总也不难举一反三，晓得她们的大概。

总之，福州的饮食男女，虽比别处稍觉得奢侈，而福州的社会状态，比别处也并不见得十分的堕落。说到两性的纵弛，人欲的横流，则与风土气候有关，次热带的境内，自然要比温带寒带为剧烈。而食品的丰富，女子一般姣美与健康，却是我们不曾到过福建的人所意想不到的发见。

一九三六年六月二日

（原载于 1936 年 7 月《逸经》半月刊第 9 期）

柳芽儿和榆钱儿

/ 王向辰

今年春天在定县城里住着，没有见过一树桃花，街上已经有卖柳芽儿和榆钱儿的了。

叫卖这两样东西的，多半都是乡间妇女。她们提着荆篮，或是担着柳筐，怯生生的站在街头呼唤：

"买榆钱儿来！"

"买柳芽儿来！"

那半羞的颤动着的音调，在大清早晨，一声尖似一声，应是生活疲劳的哀诉吧。男人们，都不很情愿做这样小器的生意，满篮满筐的货品，再搭上多半天的工夫，还未必卖得了十几个铜板，实在有些不好意思；不过，他们也不是完全未帮忙，爬上树去攀枝落叶，他们也费了一分儿力气。

直到今天，卖榆钱儿和柳芽儿还是一种不纳税的生意，虽然期间只有五七天，对于乡下的贫苦人家，总算是一个有收入的季节。她们老早的就徘徊在榆柳行中，眼巴巴的瞅着那些嫩芽儿的露头和展开。有一天，真个盼到榆钱、柳叶，都成串的挂在枝上了，她们真是兴奋的了不得，她们不一定得到树主人的允许，就三五成群，匆忙的把这新鲜的野味，亲自送到城里来叫卖。

这两种东西，都还算不上珍品；卖剩下的一部分，她们便留下来自己用，不过，烹调的方法和城里不同。

城里人的吃榆钱儿和柳芽儿，跟他们在端午喝雄黄酒，中秋吃月饼一样，目的在应一应节景，并不是"知味"。他们把一撮撮的榆钱儿当引子，拌上大部分的白面，切上葱花姜丝，洒上花椒盐末，摆在笼屉里蒸成"疙瘩"；蒸熟了，还得加上酱油醋蒜之类的作料；几时把那一点的野味鼓捣完了，才肯动筷子。那些卖榆钱儿的乡下贫人，大概不会那样绕着弯儿的做东西吃。他们一采下榆钱儿来，就能够大捧着生嚼。用一碗玉米糊儿和上半盆榆钱儿，蒸成"苦累"，再能加上点盐，便是使他们食之忘饱的盛馔。我个人的经验，在榆钱嫩的时候儿，最好是生食，清脆香甜，比西餐馆里的"生菜"好吃的多。榆钱老了，风吹落地，扫集来储存着，等到年节，再把它上干锅一炮，单中间的小核仁，实在比黑白瓜子的味道还美。

柳芽儿，是指嫩的柳絮和柳叶这两种东西说的。乡下人采了柳芽儿，先在开水里一抄，浸在冷水里泡了，再捏成一团团，才出去卖。烧开水的柴火，那是下的本钱。城里人买了这柳芽团，不惮烦的再用冷水浸了一两天，把苦味去净了，用它炒肉，拌豆腐，以至于做饺子馅儿，味道仿佛干菠菜，没有一点儿新鲜。那些乡下人家，没有那样浪费的吃法；他们也不肯把那点苦味道淘汰完了，因为"苦"，仍不失为"味"；有时他们也拌上辣椒吃。

很想到北平去，或是到南京去对那些贵人们宣传一下柳芽儿和榆钱儿的富于生命素。他们要是肯把这两种野味代替了海参和鱼翅去宴客，客人也以无此野味为憾事了，那该是什么景象？但是又一想，也幸而那些贵人们没把这两样东西和"鲥鱼莼羹"一样看待；不然，这两种东西怎能留在乡下，使我们还有一尝的福气？好，等于没有想。

叫卖榆钱儿和柳芽儿的声音，渐渐的稀少了，应是"春光已老"！她们该是忙着去剜蕨菜芽儿了吧！

一九三四年四月廿四于定县

咖啡琐话

/ 周瘦鹃

　　一九五五年仲夏莲花开放的时节，出阁了七年而从未归宁过的第四女瑛，偕同她的夫婿李卓明和儿子超平，远迢迢地从印度尼西亚共和国首都雅加达城赶回来了；执手相看，疑在梦里！她带来了许多吃的、穿的、用的和玩的东西，内中有一方听雪白的砂糖和一方听浓香的咖啡粉；她是一向知道老父爱好这刺激性的饮料的。据她说，在印尼，无论是土著或侨民，都以咖啡代茶喝，往往不放糖和牛乳，好在咖啡豆磨成了粉末，只需用沸水冲饮，极为方便。我已好久喝不到好咖啡了，这时如获至宝，喜心翻倒。从去夏到今春，每星期喝两次，还没有完；有时精神稍差，就得借它来刺激一下。

　　咖啡是热带的产物，南美洲的巴西国向以咖啡著名，而印尼所产也着实不坏。树身高约二丈，叶对生，作椭圆形，尖如锥子，开花作白色，香很浓烈。花谢结实，像黄豆那么大，采下来焙干之后，就可磨细煎饮了。

咖啡最初的产生，远在十五世纪，有一位阿拉伯作家的文章中，已详述它的种植法；而第一株咖啡树，却发见于阿拉伯半岛西南角的某地。后来咖啡的种子外流，就普及于其他地区，成为世界饮料中的恩物，可以和我国的红茶绿茶分庭抗礼。

咖啡是舶来品，是比较新的东西，所以我国古代的诗人词客，从没有把它作为吟咏的题材的。到了清代，咖啡随欧风美雨而东来，遍及大都市，于是清末的诗词中，也可看到咖啡了。如毛元征的《新艳》诗云：

> 饮欢加非茶，忘却调牛乳。牛乳如欢甜，加非似侬苦。

潘飞声《临江仙》词云：

> 第一红楼听雨夜，琴边偷问年华，画房刚掩绿窗纱。停弦春意懒，侬代脱莲靴。
> 也许胡床同靠坐，低教蛮语些些。起来新酌加非茶。却防憨婢笑，呼去看唐花。

我也有一阕《生查子》词：

电影上银屏，取证欢侬事。脉脉唤甜心，省识西来意。积恨不能消，狂饮葡萄醉。更啜苦加非，绝似相思味。

其实咖啡虽苦，加丁糖和牛乳，却腴美芳香，兼而有之。相思滋味，有时也会如此；过来人是深知此味的。

咖啡馆的创设，还在十五世纪中叶；阿拉伯的城市中，几乎都有咖啡馆，因为从沙漠里来的行商骆驼队，都跋涉长途，口渴不堪，就得上咖啡馆来解解渴，于是咖啡馆风起云涌，盛极一时。一般阿拉伯人渐渐地爱上了咖啡馆，日常聚集在那里，聊聊天，取取乐，以致耽误了正当的工作。甚至政治上的阴谋，也从咖啡馆中产生出来，一时闹得乌烟瘴气。于是掌握政权的主教们大发雷霆，下令取缔咖啡馆，凡是上咖啡馆去喝咖啡的人都要处刑。当时君士坦丁等各地的咖啡馆纷纷倒闭，而在阿拉伯最最著名的咖啡"摩加"，已曾专卖了二百多年，几乎没有人问津，只得另找出路，流入了意大利的水城威尼斯。

十六世纪的中叶，法京巴黎的咖啡馆多至二千家。而英京伦教更多至三千家，虽曾经过一次大打击，被迫关门，后来又卷土重来，变本加厉，甚至喊出了口号："我们要从咖啡馆中改造出新的伦敦，新的英吉利来！""咖啡馆是新伦敦之母！"也足见其对于咖啡馆的狂热了。

苏州在日寇盘踞的时期，也有所谓咖啡馆，门口贴着"欢迎皇军"的招贴，由一般荡女淫娃担任招待，丑恶已极！我偶然回去探望故园，一见之下，就疾首痛心，掩面而过。那时老画师邹荆盦前辈已从香山回到城中故居，他是爱咖啡成癖的，密藏着好几罐名牌咖啡，而以除去咖啡因的"海格"一种为最。我们痛定思痛，需要刺激，他老人家就亲自煎了一壶"海格"，相对畅饮。我口占小诗三绝句答谢云：

卢仝七碗浑闲事，一盏加非意味长。苦尽甘来容有日，借它先自灌愁肠。

白发邹翁风雅甚，丹青写罢啜加非。明窗静看丛蕉绿，月季花开香满衣。（翁喜种月季花）

瓶笙声里炎炎火，彝鼎纷陈闻妙香。我欲晋封公莫却，加非壶畔一天王。

原来苏州人多爱喝茶，爱咖啡的不多，像邹老那么罗致名品，并且精其器皿的，一时无两，真可称为咖啡王了。他老人家去世多年，音容宛在。我每对咖啡，恨不能起故人于地下，和他畅饮一番，并对他说，现在苦尽甘来，与国同休，喝了咖啡，更觉兴奋，不再要借它来一灌愁肠了。

吾家的灵芝

/ 周瘦鹃

古人诗文中对于灵芝的描写，往往带些神仙气，也瞧作一种了不得的东西；但看《说文》说："芝，神草也。"《尔雅》说："芝一岁三华，瑞草。"又云："圣人休祥，有五色神芝，含秀而吐荣。"宋代大诗人陆放翁有《玉隆得丹芝》绝句云：

何用金丹九转成，手持芝草已身轻。祥云平地拥笙鹤，便自西山朝玉京。

又《丹芝行》云：

剑山峨峨插穹苍，千林万谷墦其阳。大丹九转古所藏，灵芝三秀夜吐光。如火非火森有芒，朝阳欲升尚煌煌，何中劚取换肝肠，往驾素虬朝紫皇。

写得何等堂皇，可知芝之为芝，决不能与闲花野草等量齐观的了。

芝的品种繁多，《神农经》所传五芝，据说红的如珊瑚，白的如截肪，黑的如泽漆，青的如翠羽，黄的如紫金，这就是所谓五色神芝。其他如龙仙芝、青灵芝、金兰芝三种，据说吃了之后，可以寿至千岁；月精芝、萤火芝、万年芝三种，吃了之后，可以寿至万岁。我终觉得古人故神其说，并不可靠，大家姑妄听之好了。

十余年前，之江大学的一位教授，在杭州山里掘得一株灵芝草，认为稀世之珍，特地送到上海去公开展览，并且拍了照片，在报纸尽力宣传。曾标价五千万元义卖助学（似是当时的所谓金圆券，尚在比较稳定的时期），其名贵可想。我生平对于花花草草，本有特殊的癖好，难得现在有这神草瑞草展览于海上，合该不远千里而来，观赏一下。可是一则因岁首触拨了悼亡之痛，鼓不起兴致来；二则吾家也有灵芝，正如报端所说质地坚硬，光亮而面有云纹，不过是死的；死的与活的没有多大分别，不看也罢。

吾家灵芝，大大小小一共有好几株。有朋友送的，也有往年在骨董①铺里买来的；大的插在古铜瓶里，小的供在石盆子里，既不会坏，又十分古雅，确当得上"案头清供"之称。最

————————————
① 现作"古董"。——编者注

好的一株，是十年前苏州一位盆景专家徐明之先生所珍藏而割爱见赠的；三只灵芝连在一起，而在左角上方，更缀上三只较小的，姿式非常美妙，却是天生而并非人为的。这六个灵芝都面有云纹，作紫红色，背白而光，柄作黑色，好像上过漆一样，其实是天生的；质地极坚，历久不坏。对日抗战期间，我曾带着它一同逃难，后来在上海跑马厅中西莳花会中与其他盆景并列，曾引起中西士女们的赞赏。平日间我只当它是木菌，并不十分珍视，作为一件普通的陈设；直至看了之江大学那枝灵芝的照片，才知它也是灵芝，所不同的，就是活的与死的罢了。

近年我又得了一株灵芝，据说是一个竹工在玄墓山上工作时掘来的。五芝连结在一起，两芝最大，过于手掌，三芝不整齐地贴在后面，大小不等，五芝都坚硬如石，作紫色，沿边有两条线，色较浅淡，柄黑如漆，有光泽，的是此中俊物。我把它插在一只白端石的双叠形的长方盆里，铺以白砂，配上了一个葫芦，一块横峰的英石，供在紫罗兰盦中，自觉古色古香，非同凡品，朋友们都来欣赏，恋恋不忍去。我不知道这是什么芝？如果吃了下去，能不能长寿？我倒也不想活到千岁万岁，老而不死，寿比南山；只要活到了一百岁，也就福如东海，心满意足了。呵呵！

然而，我却没有勇气吃下这一株五位一体的灵芝！

西王母杖

/ 周瘦鹃

　　西王母是神话中的天上仙人，那么西王母杖一定是她老人家所使用的一根仙人杖了。谁知千不是，万不是，却是山野中一种平凡的植物的别名；它的本名叫做枸杞。枸杞的别名很多，有天精、地仙、却老、却暑、仙人杖等十多个。枸杞原是两种植物的名称，因其棘如枸之刺，茎如杞之条，所以并作一名。叶与石榴叶很相像，稍薄而小，可供食用。干高二三尺，丛生如灌木。夏季开浅紫色小花，花落结实，入秋色作猩红，艳如红玛瑙。实有浑圆的，有椭圆的；椭圆的出陕甘一带，较为名贵，既可欣赏，又可入药。不论是花、叶、根、实，都可作药用，有益精补气、坚筋骨、悦颜色、明目安神、轻身却老之功。它之所以别名西王母杖和仙人杖，料想就是为了它有这些功效之故。

　　枸杞的实落在地上，入了土，就可生根，所以我的园子里几乎遍地皆是。春秋两季，采了它的嫩叶做菜吃，清隽有味。老干不易得，友人叶寄深兄，曾得一老干的枸杞，居中有一段已枯，更见古朴，大约是百年以外物，每秋结实累累，红艳欲滴。他为了重视这株枸杞之王，特请江寒汀画师写生，并题其书室为杞寿轩，可是后来已割爱让与庐山花径公园了。我也有一株盆栽的老枸杞，作悬崖形，原出南京雨花台，已有好几十岁的年龄了。最奇怪的，干已大半枯朽，只剩一根筋还活着，我把一根粗铅丝络住了下悬的梢头，又在中部用细铅丝络住，看上去岌岌欲危。我曾和朋友们打趣地说："这一株老枸杞，好像是一个害了第三期肺痨病的病人，不知能活到几时？"哪里知道三年来它的生命力还是很强，年年开花结实，鲜艳如故。不久近根处又发了一根新条，枝叶四布，结实很多。我曾宠之以诗，有"离离朱实莹如玉，好与闺人缀玉钗"之句。各地来宾，见了这一株老枸杞，没一个不啧啧称怪的。

枸杞的老干老根多作狗形。据说宋徽宗时，顺州筑城，在土中掘得一株枸杞，活像是一头挺大的狗，当时认为至宝，就献到皇宫中去。旧籍中载："此乃仙家所谓千岁枸杞，其形如犬者也。"在宋代以前，这种狗形的枸杞，也屡有发现；唐代白乐天诗中，就有"不知灵药根成狗，怪得时闻夜吠声"之句，刘禹锡诗也有"枝繁本是仙人杖，根老新成瑞犬形"之句。宋代史子玉《枸杞赋》有句云："仙杖飞空，仿佛骖鸾，寿干通灵，时闻吠庞。"也是说它的干形像狗的。此外如朱熹诗"雨余芽甲翠光匀，杞菊成蹊亦自春"，陆游诗"雪斋茆堂钟磬清，晨斋枸杞一杯羹"。而苏东坡、黄山谷各有长诗咏叹，尊之为仙苗、仙草。枸杞，在一般人看来，虽很平凡，而古时却有这许多大诗人加以揄扬，那就见得不平凡了。

菠萝园

/ 杨朔

莽莽苍苍的西非洲大陆又摆在我的眼前。我觉得这不是大陆，简直是个望不见头脚的巨人，黑凛凛的，横躺在大西洋边上。瞧那肥壮的黑土，不就是巨人浑身疙疙瘩瘩的怪肉？那绿森森的密林丛莽就是浑身的毛发，而那纵横的急流大河正是一些隆起的血管，里面流着掀腾翻滚的热血。谁知道在那漆黑发亮的皮肤下，潜藏着多么旺盛的生命。我已经三到西非，这是第二次到几内亚了。我却不能完全认出几内亚的面目来。非洲巨人正在成长，每时每刻都在往高里拔，往壮里长，改变着自己的形景神态。几内亚自然也在展翅飞腾，长得越发雄健了。可惜我没有那种手笔，能把几内亚整个崭新的面貌勾画出来。勾几笔淡墨侧影也许还可以。现在试试看。

离科纳克里五十公里左右有座城镇叫高雅，围着城镇多是高大的芒果树，叶子密得不透缝，热风一吹，好像一片翻腾起伏的绿云。芒果正熟，一颗一颗，金黄鲜美，熟透了自落下来，不小心能打伤人。我们到高雅却不是来看芒果，是来看菠萝园的。从高雅横插出去，眼前展开一片荒野无边的棕榈林，间杂着各种叫不出名儿的野树，看样子，还很少有人类的手触动过的痕迹。偶然间也会在棕榈树下露出一个黑蘑菇似的圆顶小草屋，当地苏苏语叫作"塞海邦赫"，是很适合热带气候的房屋，住在里边，多毒的太阳，多大的暴雨，也不怎么觉得。渐渐进入山地，棕榈林忽然间一刀斩断，我们的车子突出森林的重围，来到一片豁朗开阔的盆地，一眼望不到头。这景象，着实使我一愣。

一辆吉普车刚巧对面开来，一下子煞住，有人扬了扬手高声说："欢迎啊，中国朋友。"接着跳下车来。

这是个不满三十岁的人，戴着顶浅褐色丝绒小帽，昂着头，模样儿很精干，也很自信。他叫董卡拉，是菠萝园的主任，特意来迎我们的。

董卡拉伸手朝前面指着说："请看看吧，这就是我们的菠萝园，是我们自己用双手开辟出来的。如果两年前你到这里来啊……"

这里原是险恶荒野的丛莽，不见人烟，盘踞着猴子一类的野兽。一九六〇年七月起，来了一批人，又来了一批人……使用着斧子、镰刀等类简单的工具，动手开辟森林。他们砍倒棕榈，斩断荆棘，烧毁野林，翻掘着黑红色的肥土。荆棘刺破他们的手脚，滴着血水；烈日烧焦他们的皮肉，流着汗水。血汗渗进土里，终于培养出今天来。

今天啊，请看看吧，一抹平川，足有几百公顷新开垦出来的土地，栽满千丛万丛肥壮的菠萝。菠萝丛里，处处闪动着大红大紫的人影，在做什么呢？

都是工人，多半是男的，也有女的，一律喜欢穿颜色浓艳的衣裳。他们背着中国造的喷雾器，前身系着条粗麻布围裙，穿插在叶子尖得像剑的菠萝棵子里，挨着棵往菠萝心里注进一种灰药水。

董卡拉解释说："这是催花。一灌药，花儿开得快，结果也结得早。"

惭愧得很，我还从来没见过菠萝花呢。很想看看。董卡拉合拢两手比了比，比得有绣球花那么大，说花色是黄的，一会儿指给我看。可是转来转去，始终不见一朵花。我想：刚催花，也许还不到花期。

其实菠萝并没有十分固定的花期。这边催花，另一处却在收成。我们来到一片棕榈树下，树荫里堆着小山似的鲜菠萝，金煌煌的，好一股喷鼻子的香味。近处田野里飘着彩色的衣衫，闪着月牙般的镰刀，不少人正在收割果实。

一个穿着火红衬衫的青年削好一个菠萝，硬塞到我手里，笑着说："好吧，好朋友，你尝尝有多甜。要知道，这是我们头一次的收成啊。"

那菠萝又大又鲜，咬一口，真甜，浓汁顺着我的嘴角往下淌。我笑，围着我的工人笑得更甜。请想想，前年开辟，去年栽种，经历过多少艰难劳苦，今年终于结了果，还是头一批果实。他们怎能不乐？我吃着菠萝，分享到他们心里的甜味，自然也乐。

不知怎的，我却觉得这许多青年不是在收成，是在催花，像那些背着喷雾器的人一样在催花。不仅这样。我走到一座小型水库前，许多人正在修坝蓄水，准备干旱时浇灌菠萝。我觉得，他们也是在催花。我又走到正在修建当中的工人城，看着工人砌砖，我又想起那些催花的人。我走得更远，望见另一些人在继续开垦荒地，扩大菠萝田。地里烧着砍倒的棕榈断木，冒着带点辣味的青烟。这烟，好像也在催花。难道不是这样么？这许许多多人，以及几内亚整个人民，他们艰苦奋斗，辛勤劳动，岂不都是催花使者，正在催动自己的祖国开出更艳的花，结出更鲜的果。

菠萝园四围是山。有一座山峰十分峭拔，跟刀削的一样，叫"钢钢山"。据说很古很古以前，几内亚人民的祖先刚从内地来到大西洋沿岸时，一个叫"钢钢狄"的勇士首先爬上这山的顶峰，因此山便得了名。勇取的祖先便有勇敢的子孙。今天在几内亚，谁能数得清究竟有多少"钢钢狄"，胸怀壮志，正从四面八方攀登顶峰呢。

一九六二年

点心与果香

卖糖

崔晓林著《念堂诗话》卷二中有一则云：

"《日知录》谓古卖糖者吹箫，今鸣金。予考徐青长诗，敲锣卖夜糖，是明时卖饧鸣金之明证也。"案此五字见《徐文长集》卷四，所云青长当是青藤或文长之误。原诗题曰《昙阳》，凡十首，其五云："何事移天竺，居然在太仓。善哉听白佛，梦已熟黄粱。托钵求朝饭，敲锣卖夜糖。"所咏当系王锡爵女事，但语颇有费解处，不佞亦只能取其末句，作为夜糖之一佐证而已。查范啸风著《越谚》卷中饮食类中，不见夜糖一语，即梨膏糖亦无，不禁大为失望。绍兴如无夜糖，不知小人们当更如何寂寞，盖此与炙糕二者实是儿童的恩物，无论野孩子与大家子弟都是不可缺少者也。夜糖的名义不可解，其实只是圆形的硬糖，平常亦称圆眼糖，因形似龙眼故，亦有尖角者，则称粽子糖，共有红白黄三色，每粒价一钱，若至大路口糖色店去买，每十粒只七八文即可，但此是三十年前价目，现今想必已大有更变了。梨膏糖每块须四文，寻常小孩多不敢问津，此外还有一钱可买者有茄脯与梅饼。以砂糖煮茄子，略晾干，原以斤两计，卖糖人切为适当的长条，而不能无大小，小儿多较量择取之，是为茄脯。梅饼者，黄梅与甘草同煮，连核捣烂，范为饼如新铸一分铜币大，吮食之别有风味，可与青盐梅竞爽也。卖糖者大率用担，但非是肩挑，实只一筐，俗名桥篮，上列木匣，分格盛糖，盖以玻璃，有木架交叉如交椅，置篮其上，以待顾客，行则叠架夹胁下，左臂操筐，俗语曰桥。虚左手持一小锣，右手执木片如笏状，击之声铛铛然，此即卖糖之信号也，小儿闻之惊心动魄，殆不下于货郎之惊闺与唤娇娘焉。此锣却又与他锣不同，直径不及一尺，窄边，不系索，击时以一指抵边之内缘，与铜锣之提索及用锣槌者迥异，民间称之曰铛锣，第一字读如国音饧去声，盖形容其声如此。虽然亦是金属无疑，但小说上常见鸣金收军，则与此又截不相像，顾亭林云卖饧者今鸣金，原不能说错，若云笼统殆不能免，此则由于用古文之故，或者也不好单与顾君为难耳。

　　卖糕者多在下午，竹笼中生火，上置熬盘，红糖和米粉为糕，切片炙之，每片一文，亦有麻糍，大呼曰麻糍荷炙糕。荷者语助词，如萧老老公之荷荷，唯越语更带喉音，为他处所无。早上别有卖印糕者，糕上有红色吉利语，此外如蔡糖糕、茯苓糕、桂花年糕等亦具备，呼声则仅云卖糕荷，其用处似在供大人们做早点心吃，与炙糕之为小孩食品者又异。此种糕点来北京后便不能遇见，盖南方重米食，糕类以米粉为之，北方则几乎无一不面，情形自大不相同也。

小时候吃的东西，味道不必甚佳，过后思量每多佳趣，往往不能忘记。不佞之记得糖与糕，亦正由此耳。昔年读日本原公道著《先哲丛谈》，卷三有讲朱舜水的几节，其一云：

"舜水归化历年所，能和语，然及其病革也，遂复乡语，则侍人不能了解。"（原本汉文）不佞读之怆然有感。舜水所语盖是余姚话也，不佞虽是隔县当能了知，其意亦唯不佞可解。余姚亦当有夜糖与炙糕，惜舜水不曾说及，岂以说了也无人懂之故欤。但是我又记起《陶庵梦忆》来，其中亦不谈及，则更可惜矣。

廿七年[1]二月廿五日，漫记于北平知堂

---

[1] 即 1938 年。——编者注

［附记］

《越谚》不记糖色，而糕类则稍有叙述，如印糕下注云："米粉为方形，上印彩粉文字，配馒头送喜寿礼。"又麻糍下云："糯粉，馅乌豆沙，如饼，炙食，担卖，多吃能杀人。"末五字近于赘，盖昔曾有人赌吃麻糍，因以致死，范君遂书之以为戒，其实本不限于麻糍一物，即鸡骨头糕干如多吃亦有害也。看一地方的生活特色，食品很是重要，不但是日常饭粥，即点心以至闲食，亦均有意义，只可惜少有人注意，本乡文人以为琐屑不足道，外路人又多轻饮食而着眼于男女，往往闹出《闲话扬州》似的事件。其实男女之事大同小异，不值得那么用心，倒还不如各种吃食尽有滋味，大可谈谈也。

廿八日又记

南北的点心

/ 周作人

　　现在说的是单指干点这一类，这在中国的南北也略有点不同。以四十年前故乡的茶食店为例，所卖的东西大概有这几类：一是糖属，甲类有松仁缠、核桃缠，乙类牛皮糖、麻片糖、寸金糖、酥糖等。二是糕属，甲类有松子糕、枣泥糕、蜜仁糖，乙类炒米糕、百子糕、玉露霜，丙类玉带糕、云片糕等。三是饼属，甲类有各类月饼，限于秋季，乙类红绫饼、梁湖月饼等，则通年有之。四是糕干类，有香糕、琴糕、鸡骨头糕干等。五是鸡蛋制品，有蛋糕、蛋卷、蛋饼等。

　　到北京来看，货色很不一样，所谓小八件大八件，样子很质朴，全是乡下气，觉得出于意外，虽然自来红自来白这些月饼似的东西，吃起来不会零碎的落下皮来，觉得还有可取。至于玉带糕寸金糖之属，要在南方店铺如稻香村等才可以买到，这显明的看出点心上的界线来了。这是什么缘故呢？我当初也不明了。后来有人送我一匣小八件，我打开来看，不知怎的觉得很是面善，忽尔恍然大悟，这不是佛手酥么，菊花酥么，只要加上金枣龙缠豆及桂花球，可不是乡下结婚时分送的喜果么？我怎么会忘记了的呢！

我又记起茶食店的仿单上的两句话，明明替我解决了疑问，说北方的是官礼茶食，南方的是嘉湖细点。大概在明朝中晚时代，陈眉公、李日华辈，在江浙大有势力，吃的东西也与眉公马桶等一起的有了飞跃的发展，成了种种细点，流传下来，到了礼节赠送多从保守，又较节省，这就是旧式饽饽成为喜果的原因了。

（原载于 1950 年 2 月 3 日《亦报》）

再谈南北的点心

/ 周作人

中国地大物博，风俗与土产随地各有不同，因为一直缺少人记录，有许多值得也是应该知道的事物，我们至今不能知道清楚，特别是关于衣食住的事项。我这里只就点心这个题目，依据浅陋所知，来说几句话，希望抛砖引玉，有旅行既广，游历又多的同志们，从各方面来报道出来，对于爱乡爱国的教育，或者也不无小补吧。

我是浙江东部人，可是在北京住了将近四十年，因此南腔北调，对于南北情形都知道一点，却没有深厚的了解。据我的观察来说，中国南北两路的点心，根本性质上有一个很大的区别。简单的下一句断语，北方的点心是常食的性质，南方的则是闲食，我们只看北京人家做饺子馄饨面总是十分茁实，馅决不考究，面用芝麻酱拌，最好也只是炸酱；馒头全是实心。本来是代饭用的，只要吃饱就好，所以并不求精。若是回过来走到东安市场，往五芳斋去叫了来吃，尽管是同样名称，做法便大不一样，别说蟹黄包子、鸡肉馄饨，就是一碗三鲜汤面，也是精细鲜美的。可是有一层，这决不可能吃饱当饭，一则因为价钱比较贵，二则昔时无此习惯。抗战以后上海也有阳春面，可以当饭了。但那是新时代的产物，在老辈看来，是不大可以为训的。我母亲如果在世，已有一百岁了，她生前便是绝对不承认点心可以当饭的，有时生点小毛病，不喜吃大米饭，随叫家里做点馄饨或面来充饥，即使一天里仍然吃过三回，她却总说今天胃口不开，因为吃不下饭去，因此可以证明那馄饨和面都不能算是饭。这种论断，虽然有点儿近于武断，但也可以说是客观的佐证，因为南方的点心是闲食，做法也是趋于精细鲜美，不取苴实一路的。上文五芳斋固然是很好的例子，我还可以再举出南方做烙饼的方法来，更为具体，也有意思。我们故乡是在钱塘江的东岸，那里不常吃面食，可是有烙饼这物事。这里要注意的，是"烙"不读作"老"字音，乃是"洛"字入声，又名为山东饼，这证明原来是模仿大饼而作的，但是烙法却不大相同了。乡间卖馄饨面和馒头都分别有专门的店铺，唯独这烙饼只有摊，而且也不是每天都有，这要等待那里有社戏，才有几个摆在戏台附近，供看戏的人买吃，价格是每个制钱三文，计油条价二文，葱酱和饼只要一文罢了。做法是先将原本两折的油条扯开，改作三折。

在鏊盘上烤焦，同时在预先做好的直径约二寸，厚约一分的圆饼上，满搽红酱和辣酱，撒上葱花，卷在油条外面，再烤一下，就做成了。它的特色是油条加葱酱烤过，香辣好吃，那所谓饼只是包裹油条的东西，乃是客而非主，拿来与北方原来的大饼相比，厚大如茶盘，卷上黄酱与大葱，大嚼一张，可供一饱，这里便显出很大的不同来了。

上边所说的点心偏于面食一方面，这在北方本来不算是闲食吧。此外还有一类干点心，北京称为饽饽，这才当作闲食，大概与南方并无什么差别。但是这里也有一点不同，据我的考察，北方的点心历史古，南方的历史新，古者可能还有唐宋遗制，新的只是明朝中叶吧。点心铺招牌上有常用的两句话，我想借来用在这里，似乎也还适当，北方可以称为"官礼茶食"，南方则是"嘉湖细点"。

我们这里且来做一点繁琐的考证，可以多少明白这时代的先后。查清顾张思的《土风录》卷六，"点心"条下云："小食曰点心，见《吴曾漫录》，唐郑傪为江淮留后，家人备夫人晨馔，夫人谓其弟曰，'治妆未毕，我未及餐，尔且可点心'。俄而女仆请备上人点心，傪诟曰：'适已点心，今何得又请！'"

由此可知点心古时即是晨馔。同书又引周辉《北辕录》云："洗漱冠栉毕，点心已至。"后文说明点心中馒头馄饨包子等，可知说的是水点心，在唐朝已有此名了。茶食一名，据《土风录》云："干点心曰茶食，见宇文懋昭《金志》：'婿先期拜门，以酒馔往，酒三行，进大软脂小软脂，如中国寒具，又进蜜糕，人各一盘，曰茶食。'《北辕录》云：金国宴南使，未行酒，先设茶筵，进茶一盏，谓之茶食。"茶食是喝茶时所吃的，与小食不同，大软脂大抵有如蜜麻花，蜜糕则明系蜜饯之类了。从文献上看来，点心与茶食两者原有区别，性质也就不同，但是后来早已混同了。本文中也就混用，那招牌上的话也只是利用现成文句，茶食与细点作同义语看，用不着再分析了。

我初到北京来的时候，随便在饽饽铺买点东西吃，觉得不大满意，曾经埋怨过这个古都市，积聚了千年以上的文化历史，怎么没有做出些好吃的点心来。老实说，北京的大八件小八件，尽管名称不同，吃起来不免单调，正和五芳斋的前例一样，东安市场内的稻香村所做的南式茶食，并不齐备，但比起来也显得花样要多些了。过去时代，皇帝向在京里，他的享受当然是很豪华的，却也并不曾创造出什么来。北海公园内旧有"仿膳"，是前清御膳房的做法，所做小点心，看来也是平常，只是做得小巧一点而已。南方茶食中有些东西，是小时候熟悉的，在北京都没有，也就感觉不满足，例如糖类的酥糖、麻片糖、寸金糖，片类的云片糕、椒桃片、松仁片，软糕类的松子糕、枣子糕、蜜仁糕、桔红糕等。此外有缠类，如松仁缠、核桃缠，乃是在干果上包糖，算是上品茶食，其实倒并不怎么好吃。南北点心粗细不同，我早已注意到了，但这是怎么一个系统，为什么有这差异？那我也没有法子去查考，因为孤陋寡闻，而且关于点心的文献，实在也不知道有什么书籍。但是事有凑巧，不记得是那年，或者什么原因了，总之见到几件北京的旧式点心，平常不大碰见，样式有点别致的，这使我忽然大悟，心想这岂不是在故乡见惯的"官礼茶食"么？故乡旧式结婚后，照例要给亲戚本家分"喜果"，一种是干果，计核桃、枣子、松子、榛子，讲究的加荔枝、桂圆。又一种是干点心，记不清它的名字。查范寅《越谚》饮食门下，记有金枣和珑缠豆两种，此外我还记得有佛手酥、菊花酥和蛋黄酥等三种。这种东西，平时不通销，店铺里也不常备，要结婚人家订购才有，样子虽然不差，但材料不大考究，即使是可以吃得的佛手酥，也总不及红绫饼或梁湖月饼，所以喜果送来，只供小孩们胡乱吃一阵，大人是不去染指的。可是这类喜果却大抵与北京的一样，而且结婚时节非得使用不可。云片糕等虽然是比较要好，却是决不使用的。这是什么理由？这一类点心是中国旧有的，历代相承，使用于结婚仪式。一方面时势转变，点心上发生了新品种，然而一切仪式都是守旧的，不轻易容许改变，因此即使是送人的喜果，也有一定的规矩，要定做现今市上不通行了的物品来使用。同是一类茶食，在甲地尚在通行，在乙地已出了新的品种，只留着用于"官礼"，这便是南北点心情形不同的缘因了。

上文只说得"官礼茶食"，是旧式的点心，至今流传于北方。至于南方点心的来源，那还得另行说明。"嘉湖细点"，这四个字，本是招牌和仿单上的口头禅，现在正好借用过来，说明细点的起源。因为据我的了解，那时期当为前明中叶，而地点则是东吴西浙，嘉兴湖州正是代表地方。我没有文书上的资料，来证明那时吴中饮食丰盛奢华的情形，但以近代苏州饮食风靡南方的事情来作比，这里有点类似。明朝自永乐以来，政府虽是设在北京，但文化中心一直还是在江南一带。那里官绅富豪生活奢侈，茶食一类也就发达起来。就是水点心，在北方作为常食的，也改作得特别精美，成为以赏味为目的的闲食了。这南北两样的区别，在点心上存在很久，这里固然有风俗习惯的关系，一时不易改变，但在"百花齐放"的今日，这至少该得有一种进展了吧。其实这区别不在于质而只是量的问题，换一句话即是做法的一点不同而已。我们前面说过，家庭的鸡蛋炸酱面与五芳斋的三鲜汤面，固然是一例。此外则有大块粗制的窝窝头，与"仿膳"的一碟十个的小窝窝头，也正是一样的变化。北京市上有一种爱窝窝，以江米煮饭捣烂（即是糍粑）为皮，中裹糖馅，如元宵大小。李光庭在《乡言解颐》中说明它的起源云："相传明世中宫有嗜之者，因名御爱窝窝，今但曰爱而已。"这里便是一个例证，在明清两朝里，窝窝头一件食品，便发生了两个变化了。本来常食闲食，都有一定习惯，不易轻轻更变，在各处都一样是闲食的干点心则无妨改良一点做法，做得比较精美，在人民生活水平日益提高的现在，这也未始不是切合实际的事情吧。国内各地方，都富有不少有特色的点心，就只因为地域所限，外边人不能知道，我希望将来不但有人多多报道，而且还同土产果品一样，陆续输到外边来，增加人民的口福。

1956 年 7 月 27 日作，未刊稿

桃园杂记

/ 李广田

　　我的故乡在黄河与清河两流之间。县名齐东，济南府属。土质为白沙壤，宜五谷与棉及落花生等。无山，多树，凡道旁田畔间均广植榆柳。县西境方数十里一带，则盛产桃。间有杏，不过于桃树行里添插些隙空而已。世之人只知有"肥桃"而不知尚有"齐东桃"，这应当说是见闻不广的过失，不然，就是先入为主为名声所蔽了。我这样说话，并非卖瓜者不说瓜苦，一味替家乡土产鼓吹，意在使自家人多卖些铜钱过日子，实在是因为年头不好，连家乡的桃树也遭了末运，现在是一年年地逐渐稀少了下去，恰如我多年不回家乡，回去时向人打听幼年时候的伙伴，得到的回答却是某人夭亡某人走失之类，平素纵不关心，到此也难免有些黯然了。

　　故乡的桃李，是有着很好的景色的。计算时间，从三月花开时起，至八月拔园时止，差不多占去了半年日子。所谓拔园，就是把最后的桃子也都摘掉，最多也只剩着一种既不美观也少甘美的秋桃，这时候园里的篱笆也已除去，表示已不必再昼夜看守了。最好的时候大概还是春天吧，遍野红花，又恰好有绿柳相衬，早晚烟霞中，罩一片锦绣画图，一些用低矮土屋所组成的小村庄，这时候是恰如其分地显得好看了。到得夏天，有的桃实已届成熟，走在桃园路边，也许于茂密的秀长桃叶间，看见有刚刚点了一滴红唇的桃子，桃的香气，是无论走在什么地方都可以闻到的，尤其当早夜，或雨后。说起雨后，这使我想起布谷，这时候种谷的日子已过，是锄谷的时候了，布谷改声，鸣如"荒谷早锄"，我的故乡人却呼作"光光多锄"。这种鸟以午夜至清晨之间叫得最勤，再就是雨霁天晴的时候了。叫的时候又仿佛另有一个作吱吱鸣声的在远方呼应，说这是雌雄和唱，也许是真实的事情。这种鸟也好像并无一定的宿处，只常见它们往来于桃树柳树间，忽地飞起，又且飞且鸣罢了。我永不能忘记的，是这时候的雨后天气，天空也许还是半阴半晴，有片片灰云在头上移动，禾田上冒着轻轻水气，桃树柳树上还带着如烟的湿雾，停了工作的农人又继续着，看守桃园的也不再躲在园屋里。这时候的每个桃园都已建起了一座临时的小屋，有的用土作为墙壁而以树枝之类作为顶篷，有的则只用芦席做成。守园人则多半是老人或年轻姑娘，他们看桃园，同时又做着种种事情，如绩麻或纺线之类。落雨的时候则躲在那座小屋内，雨晴之后则出来各处走走，到别家园里找人闲话。孩子们呢，这时候都穿了最简单的衣服在泥道上跑来跑去，唱着歌子，和"光光多锄"互相应答，被问的自然是鸟，问答的言语是这样的：

光光多锄，

你在哪里？

我在山后。

你吃什么？

白菜炒肉。

给我点吃？

不够不够。

　　在大城市里，是不常听到这种鸟声的，但偶一听到，我就立刻被带到了故乡的桃园去，而且这极简单却又最能表现出孩子的快乐的歌唱，也同时很清脆地响在我的耳里。我不听到这种唱答已经有七八年之久了。

　　今次偶然回到家乡，是多少年来唯一的能看到桃花的一次。然而使我惊讶的，却是桃花已不再那么多了，有许多桃园都已变成了平坦的农田，这原因我不大明白。问乡里人，则只说这里的土地都已衰老，不能再生新的桃树了。当自己年幼的时候，记得桃的种类是颇多的，有各种奇奇怪怪名目，现在仅存的也不过三五种罢了。有些种类是我从未见过的，有些名目也已经被我忘却，大体说来，则应当分做秋桃与接桃两种，秋桃之中没有多大异同，接桃则又可分出许多不同的名色。

秋桃是由桃核直接生长起来的桃树，开花最早，而果实成熟则最晚，有的等到秋末天凉时才能上市。这时候其他桃子都已净树，人们都在惋惜着今年不会再有好的桃子可吃了，于是这种小而多毛，且颇有点酸苦味道的秋桃也成了稀罕东西。接桃则是由生长过两三年的秋桃所接成的。有的是"根接"：把秋桃树干齐地锯掉，以接桃树的嫩枝插在被锯的树根上，再用土培覆起来，生出的幼芽就是接桃了。又有所谓"筐接"，方法和"根接"相同，不过保留了树干，而只锯掉树头罢了，因须用一个盛土的筱筐以保护插了新枝的树干顶端，故曰"筐接"。这种方法是不大容易成功的，假如成功，则可以较速地得到新的果实。另有一种叫作"枝接"，是颇有趣的一种接法：把秋桃枝梢的外皮剥除，再以接桃枝端上拧下来的哨子套在被剥的枝上，用树皮之类把接合处严密捆缚就行了，但必须保留桃枝上的原有的芽码，不然，是不会有新的幼芽出生的。因此，一棵秋桃上可以接出许多种接桃，当桃子成熟时，就有各色各样的桃实了。也有人把柳树接作桃树的，据说所生桃实大可如人首，但吃起来则毫无滋味，说者谓如嚼木梨。

按成熟的先后为序，据我所知道的，接桃中有下列几种：

"落丝"，当新的蚕丝上市时，落丝桃也就上市了。形椭圆，嘴尖长，味甘微酸。因为在同辈中是最先来到的一种，又因为产量较少之故，价值较高也是当然的了。

"麦匹子"，这是和小麦同时成熟的一种。形圆，色紫，味甚酸，非至全个果实已经熟透而内外皆呈紫色时，酸味是依然如故的。

"大易生"，此为接桃中最易生长而味最甘美的一种，能够和"肥桃"媲美的也就是这一种了。熟时实大而白，只染一个红嘴和一条红线。未熟时甘脆如梨，而清爽适口则为梨所不及；熟透则皮薄多浆，味微如蜜。皮薄是其优点，也是劣点，不能耐久，不能致远，我想也就是因为这个了。

"红易生"，一名"一串绫"，实小，熟时遍体作绛色，产量甚丰，绿枝累累如贯珠。名"一串绫"，乃言如一串红绫绕枝，肉少而味薄，为接桃中之下品。

"大芙蓉"，形浑圆，色全白，故一名"大白桃"，夏末成熟，味甘而淡。又有"小芙蓉"，与此为同种，果实较小，亦曰"小白桃"。

"胭脂雪"，此为接桃中最美观的一种，红如胭脂，白如雪，红白相匀，说者谓如美人颜，味不如"大易生"，而皮厚经久。此为桃类中价值最高者。

"铁巴子"，叶细小。故亦称"小叶子"。"铁巴子"谓其不易摇落，即生摘亦须稍费力气。实小，味甘，现已绝种。另有"齐嘴红"一种，以状得名，不多见。

有一种所谓"磨枝"的，并非桃的另一种类，乃是紧靠着桃枝结果，因之被桃枝磨上了疤痕的桃子，奇怪处是这种桃子特别甘美，为担桃挑的挑贩所不取，但我们园里人则特意在枝叶间探寻"磨枝"来自己享用。为什么这种桃子会特别甘美呢，到现在也还不能明白。另有所谓"桃王"的，我想这大概只是一种传说罢了。据云"桃王"是一种特大的桃子，生在最繁密的枝叶间，长青不老，为一园之王。当然，一个桃园里也就只能有这末一个了。有"桃王"的桃园是幸福的，因为园里的桃子会格外丰美，甚至可以取之不竭。但假如有人把这"桃王"给摘掉了，则全园的桃子也将陨落净尽。这是奇迹，幼年时候每每费尽了工夫去发现"桃王"，但从未发现过一次，也不曾听说谁家桃园里发现过。

桃是我们家乡的重要土产，有些人家是借了桃园来辅助一家生活之所需的。这宗土产的推销有两种方法：一是靠了外乡小贩的运贩，他们每到桃季便肩了挑子在各处桃园里来往；另一种方法，就是靠着流过这地方的那两条河水了。当"大易生"和"胭脂雪"成熟的时候，附近两河的码头上是停泊了许多帆船的，从水路再转上铁路，我们的桃子是被送到其他城市人民的口上去了。我很担心，今后的桃园会变得冷落，恐怕不会再有那么多吆吆喝喝的肩挑贩，河上的白帆也将更见得稀疏了吧。

一九三五年四月

夏果摘杨梅

/ 周瘦鹃

冬花采卢橘，夏果摘杨梅。

这是唐代宋之问的诗句。卢橘就是枇杷，冬季开花，春季结实而夏季成熟，到得枇杷落市之后，那么就要让杨梅奄有天下了。杨梅木本，叶常绿；初春开花结实，肉如粒粒红粟，并无皮壳包裹；生的时候作白色，五月间成熟后，就泛作红紫二色，也有白色的，产量较少，甜味也在红紫二种之下，并不足贵。杨梅品种，据说以会稽为第一，吴兴的弁山、宁波的舟山、苏州的光福也不差；而我们现在所吃到的，全是洞庭东、西山的产品了。

杨梅一名朹子，生僻得很；别号君家果。据古籍中载，宋代杨修，字德祖，九岁就很聪明。有一天，孔君平来访他的父亲，恰不在家，因呼修出见。孔指盘中所盛杨梅道："这是君家果。"

修应声道："却未闻孔雀是夫子家禽。"其心地的灵敏，于此可见；而杨梅也就因此而得了个君家果的别号。

新中国成立前一年杨梅熟时，洞庭西山包山寺诗僧闻达上人邀我和范烟桥、程小青二兄同去一游。那时满山杨梅全已成熟，朱实离离，鲜艳悦目，山民于清早采摘，万绿丛中常闻笑语声，摘满了一筐，各自肩着回去。我曾咏之以诗，有"摘得杨梅还带露，一肩红紫映朝辉"之句，当时情景，依稀还在眼前哩。

苏州光福与横山、安山等处，往时都产杨梅，并且有白杨梅，而我却从未染指，不知风味如何？扬州人称白杨梅为圣僧，莫名其妙。明代瞿佑有诗云：

乃祖杨朱族最奇，诸孙清白又分枝。炎风不解消冰骨，寒粟偏能上玉肌。异味每烦山客赠，灵根犹是圣僧移。水晶盘荐华筵上，酪粉盐花两不知。

杨梅甜中带酸，多吃伤齿，然而也有人以为带些酸倒是好的。如宋代方岳诗云：

筠笼带雨摘初残，粟粟生寒鹤顶殷。众口但便甜似蜜，宁知奇处是微酸。

我们每吃杨梅，总得用盐渍过，目的是在杀菌，其实不如过锰酸钾来得有效；但是也有人以为渍了盐，可以减去酸味。此法唐代即已有之，如李太白《梁国吟》，有"玉盘杨梅为君设，吴盐如花皎白雪"之句。陆放翁批评他说，杨梅酸的才用盐渍，甜的杨梅就不必用了。吾家吃杨梅，一向用盐，杀菌减酸，一举两得，并且也觉得别有风味。

荔枝

/ 周瘦鹃

荔枝色香味三者兼备，人人爱吃。亡妻凤君健在时，一见荔枝上市，总是买了来给我尝新的。那时我有一位文友罗五洲兄，服务香岛邮局，每年仲夏总得寄赠佳种糯米糍一大筐，成为常年老例；我和凤君大快朵颐，而儿女们也都能饱啖一下了。抗日战争以后，与罗兄失去联系，久已吃不到糯米糍。今年春暮，我曾吃过二十多个荔枝，那是早种的三月红、玉荷包之类，并不高妙，可就使我苦念糯米糍不置！而送荔枝的好友与给我尝新的亡妻，更憧憧心头不能去了。

古人吃荔枝，除独吃外，还有集会结社而吃的。五代刘铼每年于荔枝熟时，设红云宴，大会宾客。明代徐𤊹，约友好作餐荔会，定名红云社，订有社约，善啖者许入，只限七八人，太多则语喧，荔约二千颗，太少则不饱，会设清酒、白饭、苦茗和肴核数器而已。谢肇淛有红云续约，在初出市时即举行餐荔会，到将罢市时为止，社友都须搜罗名种，与众共之。后来宋珏又结荔社，其社约中有云："夫以希奇灵异之物，而能珍惜之留护之，结以同趣，集以嘉辰，幕以浓阴，浴以冷泉，披以快风，照以凉月，和以重碧，解以寒浆，佐以佳牒，纪以新词；虽迹沾尘壤，而景界仙都，身坐火城，而神游冰谷。"

古今来，文人墨客，对荔枝刮目相看，都给予最高的评价，诗词文章，纷纷歌颂，比之为花中的牡丹；牡丹既被称为花王，那么荔枝该尊为果王了。唐代白乐天《荔枝图》序有云：

> 荔枝生巴峡间。树影团团如帷盖。叶如桂，冬青；花如橘，春荣；实如丹，夏熟。朵如葡萄，核如枇杷，壳如红缯，膜如紫绡，瓤肉莹白如冰雪，浆液甘酸如醴酪。大略如彼，其实过之。若离本枝，一日而色变，二日而香变，三日而味变，四五日外，色香味尽去矣。

这一段话，已说明了荔枝的一切，自是经验之谈。

荔枝不只产于巴蜀，闽粤两省也有大量的生产。它又名杂枝、丹荔，而最特别的，却又叫作钉坐真人。树身高达数丈，粗可合抱，较小的直径尺许，农历二三月间开花，五六月间成熟，宋神宗诗因有"五月荔枝天"之句。据古代荔枝谱中所载种类繁多，有陈紫、周家红、一品红、钗头颗、十八娘、丁香、红绣鞋、满林香、绿衣郎等数十种。大多是闽产，不知现在还有几种？至于粤中所产，则现有三月红、玉荷包、黑叶、桂味、糯米糍等，都是我们所可吃到的。至于命名最艳的，有妃子笑一种；产量最少的，有增城的挂绿一种。

闽产的荔枝中，有一种名十娘，果型细长，色作深红，闽人比作少女。俗传闽王王氏有弱妹十八娘，一说是女儿行十八，喜吃这一种荔枝，因此得名。又一说是闽中凡称物之美而少的，为十八娘，就足见这是美而少的名种了。明代黄履康作《十八娘传》，他说："十八娘者，开元帝侍儿也，姓支名绛玉，字曰丽华，行十八。"文人狡狯，借此弄巧，竟把珍果当作美女子般给它作传。宋代蔡君谟襄作《荔枝谱》，称之为"绛衣仙子"，那更比之为仙子了。

广州有荔枝湾，是珠江的一湾，来岸都是荔枝树，绿荫丹荔，蔚为大观。据说这里本是南汉昌华旧苑，有人咏之以诗，曾有"寥落故宫三十六，夕阳明灭荔枝红"之句。清代陶稚云《珠江词》，都咏珠江艳事，中有一首：

青青杨柳被郎攀，一叶兰舟日往还。知道荔枝郎爱食，妾家移住荔枝湾。

从前，每年初夏荔枝熟时，荔枝湾游艇云集，人们都是为了吃荔枝去的。

唐代开元年间，明皇在位，溺于声色。贵妃杨玉环最得他的宠爱，白香山《长恨歌》所谓"后宫佳丽三千人，三千宠爱在一身"；因此她要什么，就依她什么，真的是百依百顺。贵妃生于蜀中，爱吃荔枝，一定要新鲜的，于是下旨取涪州荔枝，从子午谷路进入，飞骑传送，历程数千里，到达京师时，色香味都还未变，可知一路传送的速度了。

关于杨贵妃所吃荔枝的来源，言人人殊。杨妃外传说贡自南海，杜诗中也说是南海与炎方；而张君房以为贡自忠州，苏东坡却说是涪州，都未肯定。可是《涪州图经》所载与当地人士声称，涪州有妃子园荔枝，即是进贡给贵妃吃的。又据蔡君谟《荔子谱》说："天宝中，妃子尤爱嗜涪州，岁命驿致。"又称："洛阳取于岭南，长安来于巴蜀。"于是后人都深信此说，没有争论了。可是又有人证明其非。据说襄州人鲍防，天宝末举进士，那时明皇恰下诏飞骑递进南海荔枝，以七日七夜到达京师，鲍因作杂感诗云：

五月荔枝初破颜，朝离象郡夕函关。雁飞不到桂阳岭，马走皆从林邑山。

这就说贵妃所吃的荔枝是从南海去的，涪州之说又不可靠了。

《唐史·礼乐志》称明皇临幸骊山时，逢杨贵妃生日，命小部在长生殿张乐，奏新曲上寿，一时还没有名称，恰巧南方进贡荔枝，因此就定名《荔枝香》。天宝中正月十五夜，明皇在常春殿撒闽江红锦荔枝，命宫人争相拾取以为戏，那么这又是贡自闽中的荔枝了。

关于杨贵妃吃荔枝的诗，自以唐杜牧《华清宫》一首最为传诵人口，诗云：

> 长安回首绣成堆，山顶千门次第开。一骑红尘妃子笑，无人知是荔枝来。

最近岭南荔枝有妃子笑一种，即因此定名。宋曾巩《荔枝》云：

> 玉润冰清不受尘，仙衣裁剪绛纱新。千门万户谁曾得？只有昭阳第一人。

明张变《荔枝词》云：

长生殿上紫烟开，妃子红妆映酒杯。小部新声歌未了，岭南飞骑带香来。

这是咏及《荔枝香》新曲的。

杨贵妃病齿，据说就为了多吃荔枝，内热太重之故。宋黄庭坚《题杨妃病齿》云："多食侧生，损其左军。"侧生就是指荔枝。又元杨维桢《宫词》云：

熏风殿角日初长，南贡新来荔子香。西邸阿环方病齿，金笼分赐雪衣娘。

这是诗中有画，分明是一幅杨妃病齿图了。荔枝生于炎方，多吃确是太热，据说蜜浆可解，或以荔壳浸水饮之亦可。

清代洪昉思的《长生殿》传奇中，有进果一出，写贡使的劳苦和一路上伤害人命、摧残庄稼的种种扰民之举，足见当时统治阶级的罪恶。舞盘一出，就是写明皇在杨贵妃生日寿宴初开进献荔枝，与梨园子弟歌舞祝寿的情形，中有《杯底庆长生（倾杯序）》换头唱词云：

盈筐佳果香，幸黄封远敕来川广。爱他浓染红绡薄，裹晶丸入手清芬，沁齿甘凉。（长生导引）便火枣交梨应让。只合来万岁殿前，千秋筵上，伴瑶池阿母进琼浆。

这是杨贵妃的全盛时期，不料后来却有马嵬之变，"六军不发无奈何，宛转蛾眉马前死"，那沁齿甘凉的荔枝，可就永永吃不成了。

年来处处食西瓜

/ 周瘦鹃

碧蔓凌霜卧软沙，年来处处食西瓜。

这是宋代范成大咏西瓜闺诗中句。的确，年来每入炎夏，就处处食西瓜，而在果品中，也就成为西瓜的天下了。西瓜并非中国种，据说五代时胡峤入契丹，吃到了西瓜，而契丹是由于破了回纥得来的种子，以牛粪复棚而种，瓜大如斗，味甜如蜜，后由胡峤带回国来。因其来自西土，故名西瓜。性寒，可解暑热，因此又名寒瓜。

西瓜瓤有白、黄、红三色，皮有白、绿和白绿相间诸色，形有浑圆的，有如枕头的。上海浦东三林塘产三白瓜，因其皮白、瓤白、子白之故，作浑圆形，味极鲜甜。浙江平湖产枕头瓜，绿皮黄瓤，鲜甜不让三白。北方以德州西瓜最负盛名，而品质之美，确是名下无虚。一九五〇年秋初，我因嫁女，从北京回苏，在德州、兖州、固镇三处火车站上，买了三个大西瓜带回来，都是白皮，作枕头形，一尝之下，自以德州瓜为第一，真的是甜如崖蜜，美不可言。

诗人们歌颂西瓜的不多，唐代贺方回《秋热》诗，有"西瓜足解渴，割裂青瑶肤"之句；元代方夔《食西瓜》诗，有"缕缕花衫沾唾碧，痕痕丹血掐肤红。香浮笑语牙生水，凉入衣襟骨有风"诸句；金代王予可句"一片冷裁潭底月，六湾斜卷陇头云"，也是为咏西瓜而作；据说宋代大忠臣文文山曾作《西瓜吟》，足为西瓜生色，惜未之见。

往年我在上海时，曾见过人家做西瓜灯，倒是一个很有趣的玩意。先把瓜蒂切去，挖掉了全部瓜瓤，在皮上精刻着人物花鸟，中间拴以粗铅丝和钉子，插上一枝小蜡烛，入夜点上了火，花样顿时明显，很可欣赏。这玩意在清代乾嘉年间也就有了，词人冯柳东曾有《辘轳金井》一阕咏之云：

> 冰园雨黑，映玲珑逗出一痕秋影。制就团圆，满琼壶红晕。清辉四迸，正薜井、寒浆消尽。字破分明，光浮细碎，半九凉凝。茅庵一星远近。趁豆棚闲挂，相对商茗。蜡泪抛残，怕华楼夜冷。西风细认，愿双照、秋期须准。梦醒青门，重挑夜话，月斜烟暝。

蔗浆玉碗冰冷冷

/ 周瘦鹃

蔗浆玉碗冰冷冷。

这是元代顾阿瑛的诗句。从这七个字中，我们可以体会到，用玉碗盛着蔗浆喝，其冰冷沁齿的意味，使人顿时觉得馋涎欲滴。所谓蔗浆，就是现代的甘蔗露，在苏州市的街头巷口，几乎到处可以喝到的。蔗浆二字，唐代已经沿用。杜甫诗中有"茗饮蔗浆携所有"句，王维诗也有"大官还有蔗浆寒"之句。宋代钱惟演句"蔗浆销内热"，陆游句"蔗浆那解破余酲"。可见唐宋时代的人，就很爱喝蔗浆了。

老年人齿牙摇落，不能大嚼甘蔗，于是以蔗浆为恩物。前几年暮春三月，苏州的许多水果铺、水果摊就开始供应蔗浆了。旧时用木制的榨床，把切成的段头榨出浆来，现在改用了金属的压榨机，更觉便利而清洁。现榨现卖，盛以玻璃杯，大杯一角五分，小杯九分，全市一律如此。我也偏爱蔗浆，觉得比汽水更为甘美适口，并且有消除内热的功效。从前甘蔗以广东所产的最为著名，而浙江塘栖的产品也不坏；苏州的蔗浆，大都是用塘栖甘蔗来榨成的。据说以上海之大，却喝不到蔗浆，所以上海人来游苏州，就要大喝一下，这是水果铺中人告知我的。

甘蔗榨过了浆而剩下来的渣，晒干了原可当燃料用，或者就丢掉了。可是在十余年前，美国加利福尼亚州有一个糖厂中的职员名唤甘来南尔生的，在甘蔗渣中发现了大量坚韧的纤维质素，费了一年多的心力，发明了一种甘蔗砖。这是他在纤维质素中加入了硫黄、土沥青油和其他几种化学原料，更在空气的重压力下压制而成的。经过试验之后，证实用一块一公尺见方的甘蔗砖，放在一辆二十吨重的碾路车辆下连续压碾七次，并未压碎，可见其坚韧了。当时就由十多处筑路局，采用了这甘蔗砖，作为筑路的材料。营造厂中也大量采用，因砖面多孔，可以调和声响，没有回声；所以用来建造剧场、音乐厅和电影院，都是非常适宜的。

晋代大画家顾恺之，每嚼甘蔗，总从梢尾嚼到老头，人以为怪。他说："渐入佳境！"因此俗有"甘蔗老头甜"之说；而老年人处境好的，亦称"蔗境"。我们老一辈的人，眼见得祖国欣欣向荣，老怀欢畅，也可说是甘蔗老头甜了。

风飘果市香

/ 张恨水

"已凉天气未寒时"，这句话用在江南于今都嫌过早，只有北平的中秋天气，乃是恰合。我于北平中秋的赏识，有些出人意外，乃是根据"老妈妈大会""奶奶经"而来，喜欢夜逛"果子市"。逛果子市的兴趣，第一就是"已凉天气未寒时"，第二是找诗意，第三是"起哄"，第四是"踏月"，直到第五，才是买水果。你愿意让我报告一下吗？

果子市并不专指哪个地方，东单（东单牌楼之简称，下仿此）、西单、东四、西四。东四的隆福寺，西四的白塔寺，北城的新街口，南城的菜市口，临时会有果子市出现。早在阴历十三的那天晚半晌儿，果子摊儿就在这些地方出现了。吃过晚饭，孩子们就嚷着要逛果子市。这事交给他们姥姥或妈妈吧。我们还有三个斗方名士（其实很少写斗方），或穿哔叽西服，或穿薄呢长袍，在微微的西风敲打院子里树叶声中，走出了大门。胡同里的人家白粉墙上涂上了月光，先觉得身心上有一番轻松意味，顺步遛到最近一个果子市，远远地就嗅到一片清芬（仿佛用清香两字都不妥似的）。到了附近，小贩将长短竹竿儿，挑出两三个不带罩子的电灯泡儿，高高低低，好像在街店屋檐外，挂了许多水晶球，一片雪亮。在这电光下面，青中透白的鸭儿梨，堆山似的，放在摊案上。红戛戛枣儿，紫的玫瑰葡萄，淡青的牛乳葡萄，用箩筐盛满了，沿街放着。苹果是比较珍贵一点儿的水果，像擦了胭脂的胖娃娃脸蛋子，堆成各种样式，放在蓝布面的桌案上。石榴熟得笑破了口，露出带醉的水晶牙齿，也成堆放在那里。其余是虎拉车（大花红）、山里红（山楂）、海棠果儿，左一簸箕，右一筐子。一堆接着一堆，摆了半里多路。老太太、少奶奶、小姐、孩子们，成群的绕了这些水果摊子，人挤有点儿，但并不嘈杂，因为根本这是轻松的市场。大半边月亮在头上照着，不大的风吹动了女人的鬓发。大家在这环境里斯斯文文的挑水果，小贩子冲着人直乐，很客气地说："这梨又脆又甜，你不称上点儿？"我疑心在君子国。

哪里来的这一阵浓香，我想。呵！上风头，有个花摊子，电灯下一根横索，成串的挂了紫碧葡萄还带了绿叶儿，下面一只水桶，放了成捆的晚香玉和玉簪花，也有些五色马蹄莲。另一只桶，漂上两片嫩荷叶，放着成捆的嫩香莲和红白莲花，最可爱的是一条条的藕，又白又肥，色调配得那样好看。

十点钟了，提了几个大鲜荷叶包儿回去。胡同里月已当顶，土地上像铺了水银。人家院墙里伸出来的树头，留下一丛丛的轻影，面上有点凉飕飕，但身上并不冷。胡同里很少行人，自己听到自己的脚步响，吁吁呜呜，不知是哪里送来几句洞箫声。我心里有一首诗，但我捉不住她，她仿佛在半空中。

第三章

◆ 食中事 ◆

谈宴会

/ 周作人

　　偶阅横井也有的俳文集《鹑衣》，十二卷中佳作甚多，读了令人垂涎，有《俳席规则》二篇，系俳谐连歌席上饮食起居的约法，琐屑有妙趣，惜多插俳句，玩索久之不敢动笔。续篇上卷有一文题曰《俳席规则赠人》，较为简单，兹述其大意云：

　　一、饭宜专用奈良茶。当然无汤，但如非奈良茶者，则有汤可也。

　　一、菜一品，鱼鸟任所有，勿务求珍奇。无鱼鸟时则豆腐茄子可也，欲辩白其非是素斋，岂不是有坚鱼其物在耶。

　　一、香之物不待论。

　　一、如有面类之设，规则亦准右文。

　　一、酒因杯有大小，故大户亦以二献为限。

　　酒之有肴，本为劝进迟滞的饮酒之助，今既非寻常宴会，自无需强劝的道理。但肴虽是无用，或以食案上一菜为少，如有馈遗猎获之物，则具一品称之曰肴，亦可任主人之意。又或在雪霜夜风中为防归路的寒冷，饭后留存酒壶，连歌满卷时再斟一巡，可临时看情形定之。角觗与戏文的结末易成为喧争，俳谐集会易流于饮食，此亦是今世之常习，可为斯道叹者也。人皆以翁之奈良茶三石为口实，而知其意旨者甚少。盖云奈良茶者，乃是即一汤亦可省的教训，况多设菜数耶。鱼生鱼脍，大壶大碗，罗列于奈良茶之食案上，有如行脚僧弃其头陀袋，却带着驮马挑夫走，须知其非本姿本情之所宜也。汉子梅二以此事为虑，请俳席规则于予，赏其有信道之志，乃为记馔具之法以赠之。

这里须得有些注释才行。奈良本是产茶的地方，这所谓奈良茶却是茶粥的别名，即以茶汁所煮的粥。据各务支考《俳谐十论》所记，芭蕉翁曾戏仿《论语》口调云，吃奈良茶三石而后始知俳谐之味，盖俳人常以此为食也。坚鱼和文写作鱼旁坚字，《东雅》云即《闽书》的青贯，晒肉作干名鲣节，刨取作为调味料，今北平商人称之曰木鱼，谓其坚如木。香之物即小菜，大抵以米糠和盐水渍瓜菜为之，萝卜为主，茄子黄瓜等亦可用，本系饭后佐茶之物，与中国小菜稍不同。肴字日本语原意云酒菜，故上文云云，不作普通下饭讲也。前篇上卷《俳席规则》一文中有相类似的话，可以参看。

汤一菜一，酒之肴亦以一为限，卸素斋之咎于坚鱼可也。夏必用茄子，豆腐可亘三季，香之物则不足论也。

这两篇文章前后相去有二十八年，意思却还是一样，觉得很有意思。又续篇上卷中另有规则补遗三条，其第二条云："夜阑不可问时刻，但闻厨下鼾声勿惊可也。"此语大有情趣，不特可补上文之阙，亦可见也有翁与俳人生活态度之一斑也。

梁葵石著《雕丘杂录》七《闭影杂识》中有一则云：

倪鸿宝先生《五簋享式》云：饮食之事而有江河之忧，我辈不救，谁救之者。天下岂有我辈客是饮食人？《诗》云，以燕乐嘉宾之心，此言嘉宾，以娱其意。孔作盛馔，列惊七浆，作之惊之，是为逐客。然则约则为恭，侈反章慢，谨参往谋，条为食律。八馈裁诗，二享广易，天数地数，情文已极。彼君子今，噬肯我适，文以美名，赏其真率。一水一山，清音下物，髡心最欢，能饮一石。五肴，二果二蔬，汤点各二，饳饤十余，酒无算。二客四客一席，不妨五六，惟簋加大。劳从享余酒人一斤，或钱百文，舟舆人钱五十。——此式近亦有行之者，人人称便，录以示后人，不第爱其词之古也。

明李君实著《紫桃轩又缀》卷二亦有自作《竹懒花鸟檄》，后列办法，檄文别无隽语今不录，办法首六则云：

一、品馔不过五物，务取鲜洁，用盛大墩碗，一碗可供三四人者，欲其缩于品而裕于用也。

一、攒碟务取时鲜精品，客少一合，客多不过二合。大肴既简，所恃以侑杯勺者此耳。流俗糖物粗果，一不得用。

一、用上白米斗馀作精饭，佳蔬二品，鲜汤一品，取其填然以饱，而后可从事觞咏也。

一、酒备二品，须极佳者，严至螫口，甘至停膈，俱不用。

一、用精面作饮食一二品，为坐久济虚之需。

一、从者每客止许一人，年高者益一童子，另备酒饭给之。

倪李二公俱是明季高人，其定此规律不独为提倡风雅，亦实欲昭示质朴，但与也有翁的俳席一比较，则又很分出高下来了。板屋纸窗，行灯荧荧，缩项啜茶粥，吃豆腐茄子和腌萝卜，虽然写出一卷否诗，也是一种雅隼，比起五簋享的卓面来，大有一群叫化子在城隍庙厢下分享残羹冷炙之感，这是什么缘故呢？据我想，这一件小事却有大意义，因为即此可以看出中国明清时与日本江户时代的文学家的不同来。江户时文学在历史上称是平民的，诗文小说都有新开展，作者大抵是些平民，偶然也有小武士小官吏，如横井也有即其一人，但因为没有科举的圈子，跨上长刀是公人，解下刀来就在破席子上坐地，与平民诗人一同做起俳谐歌来，没有乡绅的架子。中国的明末清初何尝不是一个新文学时期，不过文人无论新旧总非读书人不成，而读书人多少都有点功名，总称曰士大夫，阔的即是乡绅了，他们的体面不能为文学而牺牲，只有新文艺而无新生活者殆以此故。当时出过冯梦龙金圣叹李笠翁几个人，稍为奇特一点，却已被看作文坛外的流氓，至今还不大为人所看得起，可以为鉴戒矣。长衫朋友总不能在大道旁坐小杌子上或一手托冷饭一碗上蟠干菜立而吃之，至少亦须于稻地放一板桌，有鳌鱼鲞汤等四五品，才可以算是夏天便饭，不妨为旁人所见，盖亦诚不得已耳。

宋小茗著《耐冷谭》十六卷，刊于道光九年，盖系一种诗话，卷二有一则云：

康熙初神京丰稔，笙歌清宴达旦不息，真所谓车如流水马如龙也。达官贵人盛行一品会，席上无二物，而穷极巧丽。王相国胥庭熙当会，出一大冰盘，中有腐如圆月，公举手曰，家无长物，只一腐相款，幸勿莞尔。及动箸，则珍错毕具，莫能名其何物也，一时称绝。至徐尚书健庵，隔年取江南燕来笋，负土捆载至邸第，春光乍丽则出之而挺爪矣。直会期乃为煨笋以饷客，去其壳则为玉管，中贯以珍羞，客欣然称饱。咸谓一笋一腐可采入食经。此梅里李敬堂大令集闻之其曾大父秋锦先生，恐其久而遂佚，录以示后人者，今其孙金澜明经遇孙检得之，属同人赋诗焉。

许壬瓠著《珊瑚舌雕谈初笔》八卷，卷七有一品会一则，首云："少时尝闻一久宦都中罢游林下者云"，次即直录上文，自康熙初至入食经，后又续云："余以为迩来富贵家中一品锅亦此遗制欤。"《雕谈初笔》作于光绪九年，距《耐冷谭》已五十四年矣，犹珍重如此，可知大家对于一品会之有兴味了。这种吃法实在是除了阁老表示他的阔气以外别无什么意思，单是一种变态的奢侈而已，收入食谱殆只是穷措大的幻想，有钱者不愿按谱而办，无钱者按谱亦不能办也。王徐与倪李的人品不可同日而语，唯其为读书人则一，一品会与《五篇享式》《花鸟樴》雅俗似亦悬殊，然实际上质并无不同，但量有异耳。若是俳席乃觉得别是一物，此固由日本文人的气质特殊，抑亦俳谐的趣味使然欤。

二十六年六月二十四日

（原载于 1944 年 9 月《秉烛后谈》）

再谈西红柿

/ 老舍

因为字数的限制，上期讲西红柿未能讲到"人生于世"，或西红柿与二次世界大战的关系，故须再谈。不过呢，这次还是有字数的限制，能否把西红柿与人生于世二者之间的"然而一大转"转过来，还没十分的把握。由再谈而三谈也是很可能的，文章必须"作"也。这次"再谈"，顶好先定妥范围，以便思想集中，而免贪多嚼不烂，"人生于世"且到后帐歇息为妙。

《避暑录话》里的话，本当于青岛有关系；再谈西红柿少不得"人生于青岛"，即使暂时不谈"人生于世"。话不落空，即是范围妥定，文章义法不能不讲究。

青岛是富有洋味的地方，洋人洋房洋服洋药洋葱洋蒜，一应俱全。海边上看洋光眼子，亦甚写意。这就应当来到西红柿身上，此洋菜也。

记得前些年，北平的"农事试验场"——种了不少西红柿；每当夏季，天天早晨大挑子的往东城挑，为是卖给东交民巷一带等处的洋人，据说是很赚钱。青岛的洋人既不少，而且洋派的中国人也甚多，这就难怪到处看见西红柿。设若以这种"菜"的量数测定欧化的程度浅浅，青岛当然远胜于北平。由这个线索往下看，青岛的菜市就显出与众不同，西红柿而外，还有许多洋玩意儿呢。这些洋东西之中，像洋樱桃，杨梅等，自然已经不很刺眼，正如冰激凌已不像前些年那样冰舌头。至于什么 rhubarb①咧，什么 gooseberry②咧，和冬瓜茄子一块儿摆着，不知怎的就有点不得劲儿。我还没看见过中国人买它们，也不晓得它们是否有个中国名儿，cheese③也是常见的，那点洋臭味儿又非西红柿可比。可是，我倒看见了中国人——绝不是洋厨师傅——买它，足见欧美的臭东西也便可贵——价钱并不贱呢。吃洋臭豆腐而鄙视山东瓜子与大蒜的人，大概也会不在少数，这年头儿，设若非洋化不足以强国，从饮食上，我倒得拥护西红柿，一来是味邪而不臭，二来是一毛钱可以买一堆，三来是真有养分，虽

---

① 即大黄；大黄茎；可食植物的一种。——编者注
② 即醋栗。——编者注
③ 即奶酪。——编者注

洋化而不受洋罪。烙饼卷 cheese，哼，请吧；油条小米粥，好吃的多！您就是说我不够洋派，我也不敢挑眼。

（原载于 1935 年 7 月 21 日《青岛民报》）

冬天

/ 朱自清

　　说起冬天，忽然想到豆腐。是一"小洋锅"（铝锅）白煮豆腐，热腾腾的。水滚着，像好些鱼眼睛，一小块一小块豆腐养在里面，嫩而滑，仿佛反穿的白狐大衣。锅在"洋炉子"（煤油不打气炉）上，和炉子都熏得乌黑乌黑，越显出豆腐的白。这是晚上，屋子老了，虽点着"洋灯"，也还是阴暗。围着桌子坐的是父亲跟我们哥儿三个。"洋炉子"太高了，父亲得常常站起来，微微地仰着脸，觑着眼睛，从氤氲的热气里伸进筷子，夹起豆腐，一一地放在我们的酱油碟里。我们有时也自己动手，但炉子实在太高了，总还是坐享其成的多。这并不是吃饭，只是玩儿。父亲说晚上冷，吃了大家暖和些。我们都喜欢这种白水豆腐；一上桌就眼巴巴望着那锅，等着那热气，等着热气里从父亲筷子上掉下来的豆腐。

　　又是冬天，记得是阴历十一月十六晚上，跟S君P君在西湖里坐小划子。S君刚到杭州教书，事先来信说："我们要游西湖，不管它是冬天。"那晚月色真好，现在想起来还像照在身上。本来前一晚是"月当头"；也许十一月的月亮真有些特别吧。那时九点多了，湖上似乎只有我们一只划子。有点风，月光照着软软的水波；当间那一溜儿反光，像新砑的银子。湖上的山只剩了淡淡的影子。山下偶尔有一两星灯火。S君口占两句诗道："数星灯火认渔村，淡墨轻描远黛痕。"我们都不大说话，只有均匀的桨声。我渐渐地快睡着了。P君"喂"了一下，才抬起眼皮，看见他在微笑。船夫问要不要上净慈寺去；是阿弥陀佛生日，那边蛮热闹的。到了寺里，殿上灯烛辉煌，满是佛婆念佛的声音，好像醒了一场梦。这已是十多年前的事了，S君还常常通着信，P君听说转变了好几次，前年是在一个特税局里收特税了，以后便没有消息。

在台州过了一个冬天，一家四口子。台州是个山城，可以说在一个大谷里。只有一条二里长的大街。别的路上白天简直不大见人；晚上一片漆黑。偶尔人家窗户里透出一点灯光，还有走路的拿着的火把；但那是少极了。我们住在山脚下。有的是山上松林里的风声，跟天上一只两只的鸟影。夏末到那里，春初便走，却好像老在过着冬天似的；可是即便真冬天也并不冷。我们住在楼上，书房临着大路；路上有人说话，可以清清楚楚地听见。但因为走路的人太少了，间或有点说话的声音，听起来还只当远风送来的，想不到就在窗外。我们是外路人，除上学校去之外，常只在家里坐着。妻也惯了那寂寞，只和我们爷儿们守着。外边虽老是冬天，家里却老是春天。有一回我上街去，回来的时候，楼下厨房的大方窗开着，并排地挨着她们母子三个；三张脸都带着天真微笑地向着我。似乎台州空空的，只有我们四人；天地空空的，也只有我们四人。那时是民国十年，妻刚从家里出来，满自在。现在她死了快四年了，我却还老记着她那微笑的影子。

无论怎么冷，大风大雪，想到这些，我心上总是温暖的。

（原载于 1933 年 12 月 1 日《中学生》第 40 号 ）

论吃饭

/ 朱自清

　　我们有自古流传的两句话：一是"衣食足则知荣辱"，见于《管子·牧民》篇，一是"民以食为天"，是汉朝郦食其说的。这些都是从实际政治上认出了民食的基本性，也就是说从人民方面看，吃饭第一。另一方面，告子说，"食，色，性也"，是从人生哲学上肯定了食是生活的两大基本要求之一。《礼记·礼运》篇也说到"饮食男女，人之大欲存焉"，这更明白。照后面这两句话，吃饭和性欲是同等重要的，可是照这两句话里的次序，"食"或"饮食"都在前头，所以还是吃饭第一。

　　这吃饭第一的道理，一般社会似乎也都默认。虽然历史上没有明白的记载，但是近代的情形，据我们的耳闻目见，似乎足以教我们相信从古如此。例如苏北的饥民群到江南就食，差不多年年有。最近天津《大公报》登载的费孝通先生的《不是崩溃是瘫痪》一文中就提到这个。这些难民虽然让人们讨厌，可是得给他们饭吃。给他们饭吃固然也有一二成出于慈善心，就是恻隐心，但是八九成是怕他们，怕他们铤而走险，"小人穷斯滥矣"，什么事做不出来！给他们饭吃，江南人算是认了。

可是法律管不着他们吗？官儿管不着他们吗？丁吗要怕要认呢？可是法律不外乎人情，没饭吃要吃饭是人情，人情不是法律和官儿压得下的。没饭吃会饿死，严刑峻罚大不了也只是个死，这是一群人，群就是力量：谁怕谁！在怕的倒是那些有饭吃的人们，他们没奈何只得认点儿。所谓人情，就是自然的需求，就是基本的欲望，其实也就是基本的权利。但是饥民群还不自觉有这种权利，一般社会也还不会认清他们有这种权利；饥民群只是冲动的要吃饭，而一般社会给他们饭吃，也只是默认了他们的道理，这道理就是吃饭第一。

三十年夏天笔者在成都住家，知道了所谓"吃大户"的情形。那正是青黄不接的时候，天又干，米粮大涨价，并且不容易买手。于是乎一群一群的贫民一面抢米仓，一面"吃大户"。他们开进大户人家，让他们煮出饭来吃了就走。这叫作"吃大户"。"吃大户"是和平的手段，照惯例是不能拒绝的，虽然被吃的人家不乐意。当然真正有势力的尤其有枪杆的大户，穷人们也识相，是不敢去吃的。敢去吃的那些大户，被吃了也只好认了。

那回一直这样吃了两三天，地面上一面赶办平粜，一面严令禁止，才打住了。据说这"吃大户"是古风；那么上文说的饥民就食，该更是古风罢。

但是儒家对于吃饭却另有标准。孔子认为政治的信用比民食更重，孟子倒是以民食为仁政的根本；这因为春秋时代不必争取人民，战国时代就非争取人民不可。然而他们论到士人，却都将吃饭看作一个不足重轻的项目。孔子说，"君子固穷"，说吃粗饭，喝冷水，"乐在其中"，又称赞颜回吃喝不够，"不改其乐"。道学家称这种乐处为"孔颜乐处"，他们教人"寻孔颜乐处"，学习这种为理想而忍饥挨饿的精神。这理想就是孟子说的"穷则独善其身，达则兼善天下"，也就是所谓"节"和"道"。孟子一方面不赞成告子说的"食色，性也"，一方面在论"大丈夫"的时候列入了"贫贱不能移"一个条件。战国时代的"大丈夫"，相当于春秋时的"君子"，都是治人的劳心的人。这些人虽然也有饿饭的时候，但是一朝得了时，吃饭是不成问题的，不像小民往往一辈子为了吃饭而挣扎着。因此士人就不难将道和节放在第一，而认为吃饭好像是一个不足重轻的项目了。

伯夷、叔齐据说反对周武王伐纣，认为以臣伐君，因此不食周粟，饿死在首阳山。这也是只顾理想的节而不顾吃饭的。

配合着儒家的理论，伯夷、叔齐成为士人立身的一种特殊的标准。所谓特殊的标准就是理想的最高的标准；士人虽然不一定人人都要做到这地步，但是能够做到这地步最好。

经过宋朝道学家的提倡，这标准更成了一般的标准。士人连妇女都要做到这地步。这就是所谓"饿死事小，失节事大"。这句话原来是论妇女的，后来却扩而充之普遍应用起来，造成了无数的惨酷的愚蠢的殉节事件。这正是"吃人的礼教"。人不吃饭，礼教吃人，到了这地步总是不合理的。

士人对于吃饭却还有另一种实际的看法。北宋的宋郊、宋祁兄弟俩都做了大官，住宅挨着。宋祁那边常常宴会歌舞，宋郊听不下去，教人和他弟弟说，问他还记得当年在和尚庙里咬菜根否？宋祁却答得妙：请问当年咬菜根是为什么来着！这正是所谓"吃得苦中苦，方为人上人"。做了"人上人"，吃得好，穿得好，玩儿得好；"兼善天下"于是成了个幌子。照这个看法，忍饥挨饿或者吃粗饭、喝冷水，只是为了有朝一日可以大吃大喝，痛快的玩儿。吃饭第一原是人情，大多数士人恐怕正是这么在想。不过宋郊、宋祁的时代，道学刚起头，所以宋祁还敢公然表示他的享乐主义；后来士人的地位增进，责任加重，道学的严格的标准掩护着也约束着在治者地位的士人，他们大多数心里尽管那么在想，嘴里却就不敢说出。嘴里虽然不敢说出，可是实际上往往还是在享乐着。于是他们多吃多喝，就有了少吃少喝的人；这少吃少喝的自然是被治的广大的民众。

民众，尤其农民，大多数是听天由命安分守己的，他们惯于忍饥挨饿，几千年来都如此。除非到了最后关头，他们是不会行动的。他们到别处就食、抢米、吃大户，甚至于造反，都是被逼得无路可走才如此。这里可以注意的是他们不说话；"不得了"就行动，忍得住就沉默。他们要饭吃，却不知道自己应该有饭吃；他们行动，却觉得这种行动是不合法的，所以就索性不说什么话。说话的还是士人。他们由于印刷的发明和教育的发展等，人数加多了，吃饭的机会可并不加多，于是许多人也感到吃饭难了。这就有了"世上无如吃饭难"的慨叹。虽然难，比起小民来还是容易。因为他们究竟属于治者，"百足之虫，死而不僵"，有的是做官的本家和亲戚朋友，总得给口饭吃；这饭并且总比小民吃的好。孟子说做官可以让"所识穷乏者得我"，自古以来做了官就有引用本家穷亲戚穷朋友的义务。到了民国，黎元洪总统更提出了"有饭大家吃"的话。这真是"菩萨"心肠，可是当时只当作笑话。原来这句话说在一位总统嘴里，就是贤愚不分，赏罚不明，就是糊涂。然而到了那时候，这句话却已经藏在差不多每一个士人的心里。难得的倒是这糊涂！

第一次世界大战加上五四运动，带来了一连串的变化，"中华民国"在一颠一拐的走着之字路，走向现代化了。我们有了知识阶级，也有了劳动阶级，有了索薪，也有了罢工，这些都在要求"有饭大家吃"。知识阶级改变了士人的面目，劳动阶级改变了小民的面目，他们开始了集体的行动；他们不能再安贫乐道了，也不能再安分守己了，他们认出了吃饭是天赋人权，公开的要饭吃，不是大吃大喝，是够吃够喝，甚至于只要有吃有喝。然而这还只是刚起头。到了这次世界大战当中，罗斯福总统提出了四大自由，第四项是"免于匮乏的自由"。"匮乏"自然以没饭吃为首，人们至少该有免于没饭吃的自由。这就加强了人民的吃饭权，也肯定了人民的吃饭的要求；这也是"有饭大家吃"，但是着眼在平民，在全民，意义大不同了。

抗战胜利后的中国，想不到吃饭更难，没饭吃的也更多了。到了今天一般人民真是不得了，再也忍不住了，吃不饱甚至没饭吃，什么礼义什么文化都说不上。这日子就是不知道吃饭权也会起来行动了，知道了吃饭权的，更怎么能够不起来行动，要求这种"免于匮乏的自由"呢？于是学生写出"饥饿事大，读书事小"的标语，工人喊出"我们要吃饭"的口号。这是我们历史上第一回一般人民公开的承认了吃饭第一。这其实比闷在心里糊涂的骚动好得多；这是集体的要求，集体是有组织的，有组织就不容易大乱了。可是有组织也不容易散；人情加上人权，这集体的行动是压不下也打不散的，直到大家有饭吃的那一天。

（原载于 1947 年上海《大公报》）

宴之趣

/ 郑振铎

　　虽然是冬天,天气却并不怎么冷,雨点淅淅沥沥的滴个不已,灰色云是弥漫着;火炉的火是熄下了,在这样的秋天似的天气中,生了火炉未免是过于燠暖了。家里一个人也没有,他们都出外"应酬"去了。独自在这样的房里坐着,读书的兴趣也引不起,偶然的把早晨的日报翻着,翻着,看看它的广告,忽然想起去看 Merry Widow① 吧。于是独自的上了电车,到派克路跳下了。

　　在黑漆的影戏院中,乐队悠扬的奏着乐,白幕上的黑影,坐着,立着,追着,哭着,笑着,愁着,怒着,恋着,失望着,决斗着,那还不是那一套,他们写了又写,演了又演的那一套故事。

　　但至少,我是把一句话记住在心上了:

---

① 即美国电影《风流寡妇》（1934 年）。——编者注

有多少次，我是饿着肚子从晚餐席上跑开了。

这是一句隽妙无比的名句；借来形容我们宴会无虚日的交际社会，真是很确切的。

每一个商人，每一个官僚，每一个略略交际广了些的人，差不多他们的每一个黄昏，都是消磨在酒楼菜馆之中的。有的时候，一个黄昏要赶着去赴三四处的宴会。这些忙碌的交际者真是妓女一样，在这里坐一坐，就走开了，又赶到另一个地方去了，在那一个地方又只略坐一坐，又赶到再一个地方去了。他们的肚子定是不会饱的，我想。有几个这样的交际者，当酒阑灯炧，应酬完毕之后，定是回到家中，叫底下人烧了稀饭来堆补空肠的。

我们在广漠繁华的上海，简直是一个村气十足的"乡下人"；我们住的是乡下，到"上海"去一趟是不容易的，我们过的是乡间的生活，一月中难得有几个黄昏是在"应酬"场中度过的。有许多人也许要说我们是"孤介"，那是很清高的一个名辞①。但我们实在不是如此，我们不过是不惯征逐于酒肉之场，始终保持着不大见世面的"乡下人"的色彩而已。

----

① 现作"名词"。——编者注

偶然的有几次，承一二个朋友的好意，邀请我们去赴宴。在座的至多只有三四个熟人，那一半生客，还要主人介绍或自己去请教尊姓大名，或交换名片，把应有的初见面的应酬的话讷讷的说完了之后，便默默的相对无言了。说的话都不是有着落，都不是从心里发出的；泛泛的，是几个音声，由喉咙头溜到口外的而已。过后自己想起那样的敷衍的对话，未免要为之失笑。如此的，说是一个黄昏在繁灯絮语之宴席上度过了，然而那是如何没有生趣的一个黄昏呀！

　　有几次，席上的生客太多了，除了主人之外没有一个是认识的；请教了姓名之后，也随即忘记了。除了和主人说几句话之外，简直的无从和他们谈起。不晓得他们是什么行业，不晓得他们是什么性质的人，有话在口头也不敢随意的高谈起来。那一席宴，真是如坐针毡；精美的羹菜，一碗碗的捧上来，也不知是什么味儿。终于忍不住了，只好向主人撒一个谎，说身体不大好过，或说是还有应酬，一定要去的。——如果在谣言很多的这几天当然是更好托辞了，说我怕戒严提早，要被留在华界之外——虽然这是无礼貌的，不大应该的，虽然主人是照例的殷勤的留着，然而我却不顾一切的不得不走了。这个黄昏实在是太难挨得过去了！回到家里以后，买了一碗稀饭，即使只有一小盏萝卜干下稀饭，反而觉得舒畅，有意味。

如果有什么友人做喜事，或寿事，在某某花园，某某旅社的大厅里，大张旗鼓的宴客，不幸我们是被邀请了，更不幸我们是太熟的友人，不能不到，也不能道完了喜或拜完了寿，立刻就托辞溜走的，于是这又是一个可怕的黄昏。常常的张大了两眼，在寻找熟人。好容易找到了，一定要紧紧的和他们挤在一处，不敢失散。到了坐席时，便至少有两三人在一块儿可以谈谈了，不至于一个人独自的局促在一群生面孔的人当中，惶恐而且空虚。当我们两三个人在津津的谈着自己的事时，偶然抬起眼来看着对面的一个坐客，他是凄然无侣的坐着；大家酒杯举了，他也举着；菜来了，一个人说："请，请。"同时把牙箸伸到盘边，他也说："请，请。"也同样的把牙箸伸出。除了吃菜之外，他没有目的，菜完了，他便局促的独坐着。我们见了他，总要代他难过，然而他终于能够终了席方才起身离座。

宴会之趣味如果仅是这样的，那末，我们将咒诅那第一个发明请客的人；喝酒的趣味如果仅是这样的，那末，我们也将打倒杜康与狄奥尼修士了。

然而又有的宴会却幸而并不是这样的；我们也还有别的可以引起喝酒的趣味的环境。

独酌，据说，那是很有意思的。我少时，常见祖父一个人执了一把锡的酒壶，把黄色的酒倒在白瓷小杯里，举了杯独酌着；喝了一小口，真正一小口，便放下了，又拿起筷子来夹菜。因此，他食得很慢，大家的饭碗和筷子都已放下了，且已离座了，而他却还在举着酒杯，不匆不忙的喝着。他的吃饭，尚在再一个半点钟之后呢。而他喝着酒，颜微配着，常常叫着："孩子，来。"而我们便到了他的跟前。他夹了一块只有他独享着的菜蔬放在我们口中，问道："好吃么？"我们往往以点点头答之，在孙男与孙女中，他特别的喜欢我，叫我前去的时候尤多。常常的，他把有了短髭的嘴吻着我的面颊，微微有些刺痛，而他的酒气从他的口鼻中直喷出来。这是使我很难受的。

这样的，他消磨过了一个中午和一个黄昏。天天都是如此。我没有享受过这样的乐趣。然而回想起来，似乎他那时是非常的高兴，他是陶醉着，为快乐的雾所围着，似乎他的沉重的忧郁都从心上移开了，这里便是他的全个世界，而全个世界也便是他的。

别一个宴之趣，是我们近几年所常常领略到的，那就是集合了好几个无所不谈的朋友，全座没有一个生面孔，在随意的喝着酒，吃着菜，上天下地的谈着。有时说着很轻妙的话，说着很可发笑的话，有时是如火如剑的激动的话，有时是深切的论学谈艺的话，有时是随意的取笑着，有时是面红耳热的争辩着，有时是高妙的理想在我们的谈锋上触着，有时是恋爱的遇合与家庭的与个人的身世使我们谈个不休。每个人都把他的心胸赤裸裸的袒开了，每个人都把他的向来不肯给人看的面孔显露出来了；每个人都谈着，谈着，谈着，只有更兴奋的谈着，毫不觉得"疲倦"是怎么一个样子。酒是喝得干了，菜是已经没有了，而他们却还是谈着，谈着，谈着。那个地方，即使是很喧闹的，很湫狭的，向来所不愿意多坐的，而这时大家却都忘记了这些事，只是谈着，谈着，谈着，没有一个人愿意先说起告别的话。要不是为了戒严或家庭的命令，竟不会有人想走开的。虽然这些闲谈都是琐屑之至的，都是无意味的，而我们却已在其间得到宴之趣了；——其实在这些闲谈中，我们是时时可发现许多珠宝的；大家都互相的受着影响，大家都更进一步了解他的同伴，大家都可以从那里得到些教益与利益。

"再喝一杯，只要一杯，一杯。"

"不，不能喝了，实在的。"

不会喝酒的人每每这样的被强迫着而喝了过量的酒。面部红红的，映在灯光之下，是向来所未有的壮美的丰采。

"圣陶，干一杯，干一杯。"我往往的举起杯来对着他说，我是很喜欢一口一杯的喝酒的。

"慢慢的，不要这样快，喝酒的趣味，在于一小口一小口的喝，不在于'杯干'。"圣陶反抗似的说，然而终于他是一口干了。一杯又是一杯。

连不会喝酒的愈之、雁冰，有时，竟也被我们强迫的干了一杯。于是大家哄然的大笑，是发出于心之绝底的笑。

再有，佳年好节，合家团圆的坐在一桌上，放了十几双的红漆筷子，连不在家中的人也都放着一双筷子，都排着一个座位。小孩子笑滋滋的闹着吵着，母亲和祖母温和的笑着，妻子忙碌着，指挥着厨房中厅堂中仆人们的做菜、端菜，那也是特有一种融融泄泄的乐趣，为孤独者所妒羡不置的，虽然并没有和同伴们同在时那样的宴之趣。

还有，一对恋人独自在酒店的密室中晚餐；还有，从戏院中偕了妻子出来，同登酒楼喝一二杯酒；还有，伴着祖母或母亲在熊熊的炉火旁边，放了几盏小菜，闲吃着宵夜的酒，那都是使身临其境的人心醉神怡的。

宴之趣是如此的不同呀！

谈吃

/ 夏丏尊

　　说起新年的行事，第一件在我脑中浮起的是吃。回忆幼时一到冬季，就日日盼望过年，等到过年将届就乐不可支。因为过年的时候，有种种乐趣，第一是吃的东西多。

　　中国人是全世界善吃的民族。普通人家，客人一到，男主人即上街办吃场，女主人即入厨罗酒浆，客人则坐在客堂里口嗑瓜子，耳听碗盏刀俎的声响。等候饭吃完了，大事已毕，客人拔起步来说"叨拢"，主人说"没有什么好待你"，有的还要苦留，"吃了点心去""吃了夜饭去"。

　　遇到婚丧，庆吊只是虚文，果腹倒是实在。排场大的大吃七日五日，小的大吃三日一日。早饭、午饭、点心、夜饭、夜点心，吃了一顿又一顿，吃得不亦乐乎，真是酒可为池，肉可成林。

　　过年了，轮流吃年饭，送食物。新年了，彼此拜来拜去，讲吃局。端午要吃，中秋要吃，生日要吃，朋友相会要吃，相别要吃。只要取得出名词，就非吃不可，而且一吃就了事，此外不必别有什么。

小孩子于三顿饭以外，每日好几次地向母亲讨铜板，买食吃。普通学生最大的消费，不是学费，不是书籍费，乃是吃的用途。成人对于父母的孝敬，重要的就是奉甘旨。中帼向占占者父于教育上的主要部分。"食不厌精，脍不厌细""沽酒，市脯""割不正"，圣人不吃。梨子蒸得味道不好，贤人就可以出妻。家里的老婆如果弄得出好菜，就可以骄人。古来许多名士至于费尽苦心，别出心裁，考案出好几部特别的食谱来。

不但活着要吃，死了仍要吃。他民族的鬼，只要香花就满足了；而中国的鬼，仍依旧非吃不可。死后的饭碗，也和活时的同样重要，或者还更重要。普通人为了死后的所谓"血食"，不辞广蓄姬妾，预置良田。道学家为了死后的冷猪肉，不辞假仁假义，拘束一世。朱竹垞宁不吃冷猪肉，不肯从其诗集中删去《风怀二百韵》的艳诗，至今犹传为难得的美谈，足见冷猪肉牺牲不掉的人之多了。

不但人要吃，鬼要吃，神也要吃，甚至连没嘴巴的山川也要吃，天地也要吃。有的但吃猪头，有的要吃全猪，有的是专吃羊的，有的是专吃牛的，各有各的胃口，各有各的嗜好，古典中大都详有规定，一查就可知道。较之于他民族的对神只作礼拜，似乎他民族的神极端唯心，中国的神倒是极端唯物的。

梅村的诗道"十家三酒店"，街市里最多的是食物铺。俗语说"开门七件事"，家庭中最麻烦的不是教育或是什么，乃是料理食物。学校里最难处置的不是程度如何提高，教授如何改进，乃是饭厅风潮。

俗语说得好，只有"两脚的爷娘不吃，四脚的眠床不吃"。中国人吃的范围之广，真可使他国人为之吃惊。中国人于世界普通的食物之外，还吃着他国人所不吃的珍馐：吃西瓜的实，吃鲨鱼的鳍，吃燕子的窠，吃狗，吃乌龟，吃狸猫，吃癞虾蟆①，吃癞头鼋，吃小老鼠。有的或竟至吃到小孩的胞衣以及直接从人身上取得的东西。如果能够，怕连天上的月亮也要挖下来尝尝哩。

至于吃的方法，更是五花八门，有烤，有炖，有蒸，有卤，有炸，有烩，有醉，有炙，有熘，有炒，有拌，真正一言难尽。古来尽有许多做菜的名厨师，其名字都和名卿相一样煊赫地留在青史上。不，他们之中有的并升到高位，老老实实就是名卿相。如果中国有一件事可以向世界自豪的，那末这并不是历史之久、土地之大、人口之众、军队之多、战争之频繁，乃是善吃的一事。

---

① 现作"癞蛤蟆"。——编者注

中国的肴菜，已征服了全世界了。有人说中国人有三把刀为世界所不及，第一把就是厨刀。

不见到喜庆人家挂着的福禄寿三星图吗？福禄寿是中国民族生活上的理想。画上的排列是禄居中央，右是福，寿居左。禄也者，拆穿了说，就是吃的东西，老子也曾说过，"虚其心实其腹"，"圣人为腹不为目"。吃最要紧，其他可以不问。"嫖赌吃着"之中，普通人皆认吃最实惠。所谓"着威风，吃受用，赌对冲，嫖全空"，什么都假，只有吃在肚里是真的。

吃的重要，更可于国人所用的言语上证之。在中国，吃字的意义特别复杂，什么都会带了"吃"字来说。被人欺负曰"吃亏"，打巴掌曰"吃耳光"，希求非分曰"想吃天鹅肉"，诉讼曰"吃官司"，中枪弹曰"吃卫生丸"，此外还有什么"吃生活""吃排头"等等。相见的寒暄，他民族说"早安""午安""晚安"，而中国人则说"吃了早饭没有？""吃了中饭没有？""吃了夜饭没有？"对于职业，普通也用吃字来表示，营什么职业就叫作吃什么饭。"吃赌饭"，"吃堂子饭"，"吃洋行饭"，"吃教书饭"，诸如此类，不必说了。甚至对于应以信仰为本的宗教者，应以保卫国家为职志的军士，也都加吃字于上。在中国，教徒不称信者，叫作"吃天主教的""吃耶稣教的"，从军的不称军人，叫作"吃粮的"，最近还增加了什么"吃党饭""吃三民主义"的许多新名词。

衣、食、住、行为生活四要素，人类原不能不吃。但吃字的意义如此复杂，吃的要求如此露骨，吃的方法如此麻烦，吃的范围如此广泛，好像除了吃以外就无别事也者，求之于全世界，这怕只有中国民族如此的了。

在中国，衣不妨污浊，居室不妨简陋，道路不妨泥泞，而独在吃上，却分毫不能马虎。衣、食、住、行的四事之中，食的程度，远高于其余一切，很不调和。中国民族的文化，可以说是口的文化。

佛家说六道轮回，把众生分为天、人、修罗、畜生、地狱、饿鬼六道。如果我们相信这话，那么中国民族是否都从饿鬼道投胎而来，真是一个疑问。

写于一九三〇年

（原载于1930年1月《中学生》第1号）

良乡栗子

/ 夏丏尊

"请，趁热。"

"啊！日子过得真快！又到了吃良乡栗子的时候了。"

"像我们这种住弄堂房子的人，差不多是不觉得季候的。春、夏、秋、冬，都不知不觉地让它来，不知不觉地让它过去。前几天在街上买着苹果柿子、良乡栗子，才觉到已到深秋了。"

"向来有'良乡栗子，难过日子'的俗语，每年良乡栗子上市，寒风就跟着来了。良乡栗子对于穷人，着实是一个威胁哩。"

"今年是大荒年，更难过日子吧。咿哟，这几个年头儿，穷人老是难过日子，不管良乡栗子不良乡栗子。'半山梅子'的时候，何曾好过日子？'奉化桃子'的时候，也何曾好过日子？"

"对了，那原是几十年前的老话罢咧。世界变得真快，老是良乡栗子，也和从前不同了。"

"有什么不同？"

"从前的良乡栗子是草纸包的，现在改用这样牛皮纸做的袋子了，上面还印得有字。栗子摊招徕买主，向来是一块红纸上写金字的挂牌，后来加用留声机，新近留声机已不大看见，都改为无线电收音机了。几乎每个栗子摊都有一架收音机。"

"这不是进步吗？"

"进步呢原是进步，可惜总是替外国人销货色。从前的草纸红纸，不消说是中国货，现在的牛皮纸、收音机，是外国货。良乡栗子已着洋装了！你想，我们今天吃两毛钱的良乡栗子，要给外国赚几个钱去？外国人对于良乡栗子一项，每年可销多少牛皮纸？多少收音机？还有印刷纸袋用的油墨和机器？……"

"这是一段很好的提倡国货演说啊！去年是国货年，今年是妇女国货年，明年大概是小孩国货年了吧。有机会时你去上台演说倒好！"

"可惜没人要我去演说。演说了其实也没有用。中国的军备、交通、卫生、文化、教育、工艺，哪一件不是直接间接替外国人推销货色的玩意儿？"

"唉！——还是吃良乡栗子吧。——这是'良乡栗子大王'，你看，纸袋上就印着这几个字。"

"这也是和从前不同的一点，从前是叫'良乡名栗''良乡奎栗'的，现改称'大王'了。外国有的是'钢铁大王''煤油大王''汽车大王'，我们中国有的是'瓜子大王''花生米大王''栗子大王'，再过几天，'湖蟹大王'又要来了。什么都是'大王'，好多的'大王'呵！"

"还有哩！'鸦片大王''麻将大王''牛皮大王'……"

"现在不但大王多，皇后也多。什么'东宫皇后'咧，'西宫皇后'咧，名目很多；至于'电影皇后''跳舞皇后'，更不计其数。"

"这是很自然的，自古说'一阴一阳之为道'，有这许多'大王'，当然要有这许多皇后才相称。否则还成世界吗？"

"哈哈！"

（原载于 1934 年 10 月《中学生》第 48 号）

枣

/ 废名

　　我当然不能谈年纪，但过着这么一个放荡的生活。东西南北，颇有点儿行脚僧的风流，而时怀一个求安息之念，因此，很不觉得自己还应算是一个少年了。我的哀愁大概是少年的罢，也还真是一个少年的欢喜，落日西山，总无改于野花芳草的我的道上，我总是一个生意哩。

　　近数年来，北京这地方我彷徨得较久，来去无常，平常多半住客栈，今年，夏末到中秋，逍遥于所谓会馆的寒窗之下了。到此刻，这三个月的时光，还好像舍不得似的。我不知怎的，实在的不要听故乡人说话，我的故乡人似乎又都是一些笨脚色①，舌头改变不过来，胡同口里，有时无意间碰到他们，我却不是相识，那个声音是那样的容易入耳……唉，人何必丢丑呢？

---

① 现作"角色"。——编者注

实在要说是"乞怜"才好。没有法，道旁的我是那么感觉着。至于会馆，向来是不辨方向的了。今年那时为什么下这一着棋，我也不大说得清。总之两个院子只住着我一人。因为北京忽然不吉利，人们随着火车走了。我从那里得了这消息，也不大说得清。

我住的是后院，窗外两株枣树，一株颇大。一架葡萄，不在我的门口，荫着谁之门，琐上了，里面还存放有东西。平常也自负能谈诗的，只有这时，才甚以古人"青琐对芳菲"之句为妙了：多半是黄昏时，孑然一身，葡萄架下贪凉。

我的先生走来看我，他老人家算是上岁数的人了，从琉璃厂来，拿了刻的印章给我看。我表示我的意见，说："我喜欢这个。"这是刻着"苦雨翁玺"四个字的。先生含笑。先生卜居于一个低洼所在，经不得北京的大雨，一下就非脱脚不可，水都装到屋子里去了，——倘若深更半夜倾盆而注怎么办呢，梨枣倒真有了无妄之灾，还要首先起来捞那些劳什子，所以苦雨哩。但后来听说院子里已经挖了一个大坑，水由地中行。

先生常说聊斋这两句话不错：

姑妄言之姑听之

豆棚瓜架雨如丝

所以我写给先生的信里有云：

豆棚瓜架雨如丝，一心贪看雨，一旦又记起了是一个过路人，走到这儿躲雨，到底天气不好也。钓鱼的他自不一样，雨里头有生意做，自然是斜风细雨不须归。我以为唯有这个躲雨的人最没有放过雨的美。……

这算是我的"苦雨翁"吟，虽然有点咬文嚼字之嫌，但当面告诉先生说，"我的意境实好"。先生回答道：

"你完全是江南生长的，总是江南景物作用。"

我简直受了一大打击，默而无语了。

不知怎么一谈谈起朱舜水先生，这又给了我一个诗思，先生道：

"日本的书上说朱舜水，他平常是能操和语的，方病榻弥留，讲的话友人不懂，几句土话。"

我说：

"先生，是什么书上的？"

看我的神气不能漠然听之了，先生也不由得正襟而危坐，屋子里很寂静了。他老人家是唯物论者。我呢？——虽是顺便的话，还是不要多说的好。这个节制，于做文章的人颇紧要，否则文章很损失。

有一个女人，大概住在邻近，时常带了孩子来打枣吃。看她的样子很不招人喜欢，所以我关门一室让她打了。然而窗外我的树一天一天的失了精神了，我乃吩咐长班："请她以后不要求罢。"

果然不见她来了。

一到八月，枣渐渐的熟了。树顶的顶上，夜人不能及。夜半大风，一阵阵落地声响，我枕在枕头上喜欢极了。我想那"雨中山果落"恐怕不及我这个。清早开门，满地枣红，简直是意外的欢喜，昨夜的落地不算事了。

一天，我知道，前院新搬进了一个人，当然是我的同乡了。小便时，我望见他，心想："这就是他了。"这人，五十岁上下，简直不招我的反感。——唉，说话每每不自觉的说出来了，怎么说反感呢？我这人是那样的，甚是苦了自己，见人易生反感。我很想同他谈谈。第二天早晨，我正在那里写字，他推开我的房门进来了。见面拱手，但真不讨厌，合式，笑得是一个苦笑，或者只是我那么的觉着。倒一杯茶，请他坐下了。

他很要知道似的，问我：

"贵姓？"

"姓岳。"

“府上在那里？”

“岳家湾。”

“那么北乡。”

这样说时，轮了一下他的眼睛，头也一偏，不消说，那个岳家湾在这个迟钝的思索里指定了一遍了。

“你住在那里呢？”

“我是西乡，——感湖你晓得吗？你们北乡的鱼贩子总在我那里买鱼。”

失礼罢，或者说，这人还年青罢，我竟没有问他贵姓，而问：“你住在那里呢？”做人大概是要经过长久训练的，自以为很好了，其实距那个自由地步还很远，动不动露出马脚来。后来他告诉我，他的夫人去年此地死了，尚停柩在城外庙里，想设法搬运回去，新近往济南去了一趟，又回北京来。

唉，再没有比这动我的乡愁了，一日的傍午我照例在那里写字玩，院子很是寂静，但总仿佛不是这么个寂静似的，抬起头来，朝着冷布往窗外望，见了我的同乡昂着他的秃头望那树顶上疏疏几吊枣子想吃了。

一九二九，一二，二九

饿

/ 萧红

"列巴圈"挂在过道别人的门上，过道好像还没有天明，可是电灯已经熄了。夜间遗留下来睡蒙蒙的气息充塞在过道，茶房气喘着，抹着地板。我不愿醒得太早，可是已经醒了，同时再不能睡去。

厕所房的电灯仍开着，和夜间一般昏黄，好像黎明还没有到来，可是列巴圈已经挂上别人家的门了！有的牛奶瓶也规规矩矩地等在别人的房间外。只要一醒来，就可以随便吃喝，但，这都只限于别人，是别人的事，与自己无关。

扭开了灯，郎华睡在床上，他睡得很恬静，连呼吸也不震动空气一下。听一听过道连一个人也没走动，全旅馆的三层楼都在睡中，越这样静越引诱我，我的那种想头越坚决。过道尚没有一点声息，过道越静越引诱我，我的那种想头越想越充胀我：去拿吧！正是时候，即使是偷，那就偷吧！

轻轻扭动钥匙，门一点响动也没有。探头看了看，"列巴圈"对门就挂着，东隔壁也挂着，西隔壁也挂着。天快亮了！牛奶瓶的乳白色看得真真切切，"列巴圈"比每天也大了些。结果什么也没有去拿，我心里发烧，耳朵也热了一阵，立刻想到这是"偷"。儿时的记忆再现出来，偷梨吃的孩子最羞耻。过了好久我就贴在已开好的门扇上，大概我像一个没有灵魂的、纸剪成的人贴在门扇。大概这样吧：街车唤醒了我，马蹄嗒嗒，车轮吱吱的响过去。我抱紧胸膛，把头也挂到胸口，向我自己心说：我饿呀，不是"偷"呀！

　　第二次又打开门，这次我决心了！偷就偷，虽然是几个"列巴圈"，我也偷，为着我"饿"，为着他"饿"。

　　第二次又失败，那么不去做第三次了。下了最后的决心，爬上床，关了灯，推一推郎华，他没有醒，我怕他醒，在"偷"这一刻，郎华也是我的敌人；假若我有母亲，母亲也是敌人。

　　天亮了！人们醒了，马路也醒了。做家庭教师，无钱吃饭也要去上课，并且要练武术。他喝了一杯茶走的，过道那些"列巴圈"早已不见，都让别人吃了。

　　从昨夜到中午，四肢软弱一点，肚子好像被踢打放了气的皮球。

　　窗子在墙壁中央，天窗似的，我从窗口升了出去，赤裸裸，完全和日光接近，市街临在我的脚下，直线的，错综着许多角度的楼房，大柱子一般工厂的烟囱，街道横顺交织着，秃光的街树。白云在天空做出各样的曲线。高空的风吹乱我的头发，飘荡我的衣襟。市街和一张繁繁杂杂颜色不清晰的地图挂在我的眼前。楼顶和树梢都挂住一层稀薄的白霜，整个城市在阳光下闪闪烁烁撒了一层银片，我的衣襟风拍着作响，我冷了，我孤孤独独的好像站在无人的山顶。每家楼顶的白霜，一刻不是银片了，而是些雪花、冰花，或是什么更严寒的东西在吸我，全身浴在冰水里一般。

我披了棉被再出现到窗口，那不是全身，仅仅是头和胸突在窗口。一个女人站在一家药店门口讨钱，手下牵着孩子，衣襟裹着更小的孩子。药店没有人出来理她，过路人也不理她，都像说她有孩子不对，穷就不该有孩子，有也应该饿死。

我只能看到街路的半面，那女人大概向我的窗下走来，因为我听见那孩子的哭声很近。

"老爷，太太，可怜可怜……"可是看不见她在追逐谁，虽然是三层楼也听得这般清楚，她一定是跑得颠颠断断地呼喘："老爷……老爷……可怜吧！"

那女人一定正相同我，一定早饭还没有吃，也许昨晚的也没有吃，她在楼下急迫地来回的呼声传染了我，肚子立刻响起来，肠子不住的呼叫……

郎华仍不回来，我拿什么来喂肚子呢？桌子可以吃吗？草褥子可以吃吗？

晒着阳光的行人道，来往的行人，小贩，乞丐……这一些看得我疲倦了！打着呵欠，从窗口爬下来。

窗子一关起来，立刻满生了霜，过一刻，玻璃片就流着眼泪了！起初是一条条的，后来就大哭了！满脸是泪，好像在行人道上讨饭的母亲的脸。

我坐在小屋里，饿在笼中的鸡一般，只想合起眼睛来静着，默着，但又不是睡。

"咯，咯！"这是谁在打门！我快去开门，是三年前旧学校里的图画先生。

他和从前一样很喜欢说笑话，没有改变，只是胖了一点，眼睛又小了一点。他随便说，说得很多。他的女儿，那个穿红花旗袍的小姑娘，又加了一件黑绒上衣，她在藤椅上，怪美丽的，但她有点不耐烦的样子。

"爸爸，我们走吧。"小姑娘哪里懂得人生！小姑娘只知道美，哪里懂得人生！

曹先生问："你一个人住在这里吗？"

"是——"我当时不晓得为什么答应"是"，明明是和郎华同住，怎么要说自己住呢?

好像这几年并没有别开，我仍在那个学校读书一样。他说:

"还是一个人好，可以把整个的心身献给艺术。你现在不喜欢画，你喜欢文学，就把全心献给文学。只有忠心于艺术的心才不空虚，只有艺术才是美，'爱情'这话很难说，若是为了性欲才爱，那么就不如临时解决，随便可以找到一个，只要是异性。爱是爱，'爱'很不容易，那么就不如爱艺术，比较不空虚……"

"爸爸，走吧! "小姑娘哪里懂得人生，只知道"美"。她看一看这屋子一点意思也没有，床上只铺一张草褥子。

"是，走——"曹先生又说，眼睛指着女儿: "你看我，十三岁就结了婚。这不是吗? 曹云都十五岁啦! "

"爸爸，我们走吧! "

他和前几年一样，总爱说"十三岁"就结了婚。差不多全校的同学都知道曹先生是十三岁结婚的。

"爸爸，我们走吧! "

他把一张票子丢在桌上就走了! 那是我写信去要的。

郎华还没有回来，我应该立刻想到饿，但我完全被青春迷惑了，读书时候那里懂得"饿"? 只晓得青春最重要，虽然现在我也并没老，但总觉得青春是过去了! 过去了!

我冥想了一个长时期，心浪和海水一般的潮了一阵。

追逐实际吧！青春唯有自私的人才系念她，"只有饥寒，没有青春。"

几天没有去过的小饭馆，又坐在那里边吃喝了。"很累了吧！腿可疼？道外道里要有十五里路。"我问他。

只要有的吃，他也很满足，我也很满足。其余什么都忘了！

那个饭馆，我已经习惯，还不等他坐下，我就抢了个地方先坐下，我也把菜的名字记得很熟，什么辣椒白菜啦，雪里红豆腐啦……什么酱鱼啦！怎么叫酱鱼呢？哪里有鱼！用鱼骨头炒一点酱，借一点腥味就是啦！我很有把握，我简直都不用算一算就知道这些菜也超不过一角钱。因此我很大的声音招呼，我不怕，我一点也不怕花钱。

回来，没有睡觉之前，我们一面喝着开水一面说：

"这回又饿不着了！又够吃些日子。"

闭了灯，又满足又安适地睡了一夜。

市声拾趣

/ 张恨水

　　我也走过不少的南北码头，所听到的小贩吆唤声，没有任何一地能赛过北平的。北平小贩的吆唤声，复杂而谐和，无论其是昼是夜，是寒是暑，都能给予听者一种深刻的印象。虽然这里面有部分是极简单的，如"羊头肉""肥卤鸡"之类，可是他们能在声调上，助字句之不足。至于字句多的，那一份优美，就举不胜举，有的简直是一首歌谣，例如夏天卖冰酪的，他在胡同的绿槐荫下，歇着红木漆的担子，手扶了扁担，吆唤着道："冰淇淋，雪花酪，桂花糖，搁的多，又甜又凉又解渴。"这就让人听着感到趣味了。又像秋冬卖大花生的，他喊着："落花生，香来个脆啦，芝麻酱的味儿啦。"这就含有一种幽默感了。

　　也许是我们有点主观，我们在北平住久了的人，总觉得北平小贩的吆唤声，很能和环境适合，情调非常之美。如现在是冬天，我们就说冬季了，当早上的时候，黄黄的太阳，穿过院树落叶的枯条，晒在人家的粉墙上，胡同的犄角儿上，兀自堆着大大小小的残雪。这里很少行人，两三个小学生背着书包上学，于是有辆平头车子，推着一个木火桶，上面烤了大大小小二三十个白薯，歇在胡同中间。小贩穿了件老羊毛背心儿，腰上来了条板带，两手插在背心里，喷着两条如云的白气，站在车把里叫道："噢……热啦……烤白薯啦……又甜又粉，栗子味。"当你早上在大门外一站，感到又冷又饿的时候，你就会因这种引诱，要买他几大枚白薯吃。

在北平住家稍久的人，都有这么一种感觉，卖硬面饽饽的人极为可怜，因为他总是在深夜里出来的。当那万籁俱寂、漫天风雪的时候，屋子外的寒气，像尖刀那般割人。这位小贩，却在胡同遥远的深处，发出那漫长的声音："硬面……饽饽哟……"我们在暖温的屋子里，听了这声音，觉得既凄凉，又惨厉，像深夜钟声那样动人，你不能不对穷苦者给予一个充分的同情。

其实，市声的大部分，都是给人一种喜悦的，不然，它也就不能吸引人了。例如：炎夏日子，卖甜瓜的，他这样一串的吆唤着："哦！吃啦甜来一个脆，又香又凉冰淇林的味儿。吃啦，嫩藕似的苹果青脆甜瓜啦！"在碧槐高处一蝉吟的当儿，这吆唤是够刺激人的。因此，市声刺激，北平人是有着趣味的存在，小孩子就喜欢学，甚至借此凑出许多趣话。例如卖馄饨的，他吆喝着第一句是"馄饨开锅"。声音洪亮，极像大花脸喝倒板，于是他们就用纯土音编了一篇戏词来唱："馄饨开锅……自己称面自己和，自己剁馅自己包，虾米香菜又白饶。吆唤了半天，一个子儿没卖着，没留神啰丢了我两把勺。"因此，也可以想到北平人对于小贩吆唤声的趣味之浓了。

（原载于 1945 年 1 月 10 日重庆《新民报》）

故乡的杨梅

/ 鲁彦

过完了长期的蛰伏生活，眼看着新黄嫩绿的春天爬上了枯枝，正欣喜着想跑到大自然的怀中，发泄胸中的郁抑，却忽然病了。

唉，忽然病了。

我这粗壮的躯壳，不知道经过了多少炎夏和严冬，被轮船和火车抛掷过多少次海角与天涯，尝受过多少辛劳与艰苦，从来不知道战栗或疲倦的呵，现在却呆木地躺在床上，不能随意地转侧了。

尤其是这躯壳内的这一颗心。它历年可是铁一样的。对着眼前的艰苦，它不会畏缩；对着未来的憧憬，它不肯绝望；对着过去的痛苦，它不愿回忆的呵。然而现在，它却尽管凄凉地往复地想了。

唉，唉，可悲呵，这病着的躯壳的病着的心。

尤其是对着这细雨连绵的春天。

这雨，落在西北，可不全像江南的故乡的雨吗？细细的，丝一样，若断若续的。

故乡的雨，故乡的大，故乡的山河和田野……还有那蔚蓝中衬着整齐的金黄的菜花的春天，藤黄的稻穗带着可爱的气息的夏天，蟋蟀和纺织娘们在濡湿的草中唱着诗的秋天，小船吱吱地触着沉默的薄冰的冬天……还有那熟识的道路，还有那亲密的故居……

不，不，我不想这些，我现在不能回去，而且是病着，我得让我的心平静；恢复我过去的铁一般的坚硬，告诉自己，这雨是落在西北，不是故乡的雨——而且不像春天的雨，却像夏天的雨。

不要那样想吧，我的可怜的心呵，我的头正像夏天的烈日下的汽油缸，将要炸裂了，我的嘴唇正干燥得将要迸出火花来了呢。让这夏天的雨来压下我头部的炎热，让……让……

唉，唉，就说是故乡的杨梅吧……它正是在类似这样的雨天成熟的呵。

故乡的食物，我没有比这更喜欢的了。倘若我爱故乡，不如就说我完全是爱的这叫作杨梅的果子吧。

呵，相思的杨梅！它有着多么奇异的形状，多么可爱的颜色，多么甜美的滋味呀。

它是圆的，和大的龙眼一样大小，远看并不稀奇，拿到手里，原来它是满身生着刺的哩。这并非是它的壳，这就是它的肉。不知道的人，一定以为这满身生着刺的果子是不能进口的了，否则也须用什么刀子削去那刺的尖端的吧？然而这是过虑。它原来是希望人家爱它吃它的。只要等它渐渐长熟，它的刺也渐渐软了、平了。那时放到嘴里，软滑之外还带着什么感觉呢？没有人能想得到，它还保存着它的特点，每一根刺平滑地在舌尖上触了过去，细腻柔软而且亲切——这好比最甜蜜的吻，使人迷醉呵。

颜色更可爱呢。它最先是淡红的，像娇嫩的婴儿的面颊，随后变成了深红，像是处女的害羞，最后黑红了——不，我们说它是黑的。然而它并不是黑，也不是黑红，原来是红的。太红了，所以像是黑。轻轻的啄开它，我们就看见了那新鲜红嫩的内部，同时我们已染上了一嘴的红水。说它新鲜红嫩，有的人也许以为一定像贵妃的肉色似的荔枝吧？嗳！那就错了。荔枝的光色是呆板的，像玻璃，像鱼目；杨梅的光色却是生动的，像映着朝霞的露水呢。

滋味吗？没有十分成熟是酸带甜，成熟了便单是甜。这甜味可决不使人讨厌，不但爱吃甜味的人尝了一下舍不得丢掉，就连不爱吃甜味的人也会完全给它吸引住，越吃越爱吃。它是甜的，然而又依然是酸的，而这酸味，我们须待吃饱了杨梅以后，再吃别的东西的时候，才能领会得到。那时我们才知道自己的牙齿酸了，软了，连豆腐也咬不下了，于是我们才恍然悟到刚才吃多了酸的杨梅。我们知道这个，然而我们仍然爱它，我们仍须吃一个大饱。它真是世上最迷人的东西。

唉，唉，故乡的杨梅呵！

细雨如丝的时节，人家把它一船一船地载来，一担一担地挑来，我们一篮一篮地买了进来，挂一篮在檐口下，放一篮在水缸上，倒上一脸盆，用冷水一洗，一颗一颗地放进嘴里，一面还没有吃了，一面又早已从脸盆里拿起了一颗，一口气吃了一二十颗，有时来不及把它的核一一吐出来，便一直吞进了肚里。

"生了虫呢……蛇吃过了呢……"母亲看见我们吃得快，吃得多，便这样地说了起来，要我们仔细的看一看，多多的洗一番。

但我们并不管这些，它成了我们的生命，我们越吃越快了。

"好吃，好吃。"我们心里这样想着，嘴里却没有余暇说话。待肚子胀上加胀，胀上加胀，眼看着一脸盆的杨梅吃得一颗也不留，这才呆笨地挺着肚子，走了开去，叹气似的嘘出一声"咳"来……

唉，可爱的故乡的杨梅呵！

一年，二年……我已有十六七年不曾尝到它的滋味了。偶尔回到故乡，不是在严寒的冬天，便是在酷热的夏天，或者杨梅还未成熟，或杨梅已经落完了。这中间，曾经有两次，在异地见到过杨梅，比故乡的小，比故乡的酸，颜色又不及故乡的红。我想回味过去，把它买了许多来。

"长在树上，有虫爬过，有蛇吃过呢……"

我现在成了大人，有了知识，爱惜自己的生命甚于杨梅了。我用沸滚的开水去细细地洗杨梅，觉得还不够消除那上面的微菌似的。

于是它不但不像故乡的，而且简直不是杨梅了，我只尝了一二颗，便不再吃下去。

最后一次我终于在离故乡不远的地方见到了可爱的故乡的杨梅。

然而又因为我成了大人，有了知识，爱惜自己的生命甚于杨梅，偶然发现一条小虫，也就拒绝了回味的欢愉。

现在我的味觉也显然改变了，即使回到故乡，遇到细雨如丝的杨梅时节，即使并不害怕从前的那种吃法，我的舌头应该感觉不出从前的那种美味了，我的牙齿应该不能像从前似的能够容忍那酸性了。

唉，故乡离开我愈远了。

我们中间横着许多鸿沟，那不是千万里的山河的阻隔，那是……

唉，唉，我到底病了。我为什么要想到这些呢？

看呵，这眼前的如丝的细雨，不是在断断续续的落在西北的春天里吗？

（原载于《文学》第4卷第5号，1935年5月1日出版）

枇杷

/ 何家槐

自己最爱吃的水果，除了梨子，就是枇杷了。

这种嗜好完全是与生来的，仿佛在娘胎里，就已学会了吃梨子和枇杷的本领，一点也用不到什么训练，不像吃橄榄或香蕉的那样麻烦。

在年轻时候，梨子是吃透了的，因为好几个亲戚家里全有，每到梨熟的时节，我就带领着堂兄弟们，分头去吃个痛快。这里住几天，那里住几天，好容易就把一二个月在梨树下面混过去了。回家来也绝对不会空手，不是满篮，就是盈筐，算是亲戚们对我母亲的馈赠，但结果还是被我这个"梨种"代吃了的。而且等到梨市快完的时候，亲戚们又把一些被鸟啄过的梨子送来，他们说这是最末一次的"尝味"。那种梨子虽则有点儿烂了，却是最大最甜最香，最能引人流涎沫的。

枇杷却就来路狭窄，难以吃到了。我自己家里是从来不种果树的，亲戚家里又刚好缺乏枇杷；市上虽则可以买到，门前也时常有小贩挑着叫卖，但母亲从来舍不得买一次。她说茶饭是少不了的东西，水果却是毫无用处的，如果吃出瘾来，那就只有受冻受饿。勤俭是家里一直继承下来的教训，祖父是连孩子们要一个铜子买一个烧饼，也是要把他的那根拐杖打断才甘心的，父亲也是对浪费主张绝不容情的人。因此不论怎样口馋，也只能咽咽口沫算了。

我想最苦的，是看到一种心爱的东西，却不能得到手时的焦急。这种经验，我在枇杷的身上，尝得很透。原来我跟母亲是睡在楼上的，只要窗门一开，就可以看到世遂妈园里的一树枇杷，一架葡萄。葡萄倒没有什么，枇杷却使我神魂颠倒了。别说看到那累累的，金黄色的果子，就是在那些果子还是青色的时候，我也是晚上睡不成觉的。夜里老是不安地做着梦。觉得自己早已飞出窗外，爬在那株翠绿色的树上，在密层层的叶丛中摘着枇杷，因为是瞒着园主人和母亲的，所以全身颤抖着，在甜蜜的快感中夹杂着偷窃秘密的恐怖。及到醒来，我老是迷迷糊糊的摇醒母亲说：

"妈，我做了梦来。"

白天工作得疲倦了的母亲，只含含混混的应了一声"唔"，立刻又沉在酣睡中。但我忍不住不把心中的秘密告诉人家，因此在极度的兴奋中，我又用蛮劲摇醒了她。

"干吗不好好睡觉？"

她有点恼了。

"我睡不着……妈，你听狗叫得多响，恐怕有人在世遂妈的园里偷枇杷，而且，我刚刚做了梦来……"

"人家偷枇杷和你有什么相干？"

"可是，妈，明天我们买点枇杷吃吃，不是好吗？"

"不要发痴，如果再说得高声一点，爷爷准会爬起来敲断你的腿子！"

这种说话是不止一次的，有的时候我竟一连几夜把母亲吵醒，这纠缠使我失去了一部分母爱。祖父的严酷着实使我害怕，他把只偷了几个铜子出去买桃子吃的小叔父追着打的情形，是清清楚楚地印在我的心头的，虽则那时候我还只有七岁。他视钱如命，吝啬是他的第二生命，跟俗话说的一样，看一个钱简直像看一个箬帽的，以为它是硕大无比的样子。但虽是这样，我却还是耐不住，不跟母亲谈些梦话，不管睡在隔壁的祖父会不会听到，因为不这样简直无以自慰。

不知是在晚上听到了我们的谈话，还是觉察到了我在看到枇杷担子时候的贪馋情形，祖父老是凭空地在吃饭的时候说：

"现在要吃枇杷，以后不是要吃人参了吗？"

虽然话是带着讽刺的，他的表情却阴沉得像雨天云雾，整个脸像猪肚似的挂下来，眼睛像羽觞似的突出眼眶。

"不要吃饭，还是吃枇杷的好吧。"

听到这些话，父亲也是非常严厉的看着我！仿佛我犯了什么过错，否则祖父决计不会这么说我的——因为祖父是家主，他的话自然是圣旨！

母亲却掩着筷子，向我白白眼，叫我识相点跑开去吃。

那种时候我几乎想哭了，如不是哭起来更要受打挨骂。在家里，小孩子是不能诉苦的，服从是他们的义务，是他们得到大人垂怜和抚爱的代价。因此每次我挨了骂，只自流泪，虽则每次都是受着白冤枉，并没有一点理由。

可是事情终于发生了。

因为想吃枇杷，而又吃不到，所以我的渴望每天都在增进。听说妇人怀孕时，最想吃东西，想这样，想那样，仿佛口里不咀嚼就难过活。害痨病或者伤寒症的人也是这样，愈难得到和愈不能吃的东西，愈想吃。我曾亲眼看过一个伤寒症的患者，在他刚会起床的时候，就想吃鲫鱼，但被医生所禁止，因此他想法偷到了大吃一顿，竟致送了性命。我想我那时想吃枇杷的热烈，怕比这个病人还要过分一点吧。

一整天，我都不离楼的待在窗前，眺望着那株枇杷。那金黄的颜色，像变成无限大似的，简直浮漾到我的眼前来了，一伸手仿佛就能摸到那些成结成串的果子。我回想着梦境，描摹着吃枇杷时的滋味：又多水，又甜，剥皮，吃肉，去核，是抛了一个又来一个地……我开闭着嘴巴，神经质似的笑着，津津地舔着嘴唇，肚里仿佛有虫在爬，那样的难受。有时想呆了，我会自言自语地说：

"甜吧，甜吧？"

接着又用劝导或者责备的口气说：

"怎么不拣黄一些的吃？那个有虫，而且还是酸溜溜地！"

那样地想着，突然地一个念头闪过我的心头了——还是去偷吃。

开始还以为这种念头是可耻的、愚蠢的，但效果却认定试它一次也没有关系。而且像得到一个绝妙的计策似的，叹了一口气，得意洋洋地摇头。于是我仔细地观察起来：那样进园，那样爬树，要那样才不会被人看见。

园门是长年紧闭着的，但我看见近门的地方，有一个墙缺，上面生着狗尾草，时常有一种很可怕的，俗名水骨虫的虫类在墙上爬。寻常我很怕那种虫，一看见就会起跳，但这次我却没有想到这层。

"在楼上半天，你做些什么事？"

祖父在走廊上碰到我，敲着拐杖问。那根竹竿他是时常带在身边的，说那是点金的财神棒，所以他总是把它碰碰的敲着砖地。

"在父亲的旧书箱里找本旧书。"

"那才好，不过你可不要把书箱翻乱。"

他说着还笑了一笑，这是难得的。只有听到读书一类的话，祖父才欢喜，因为他自己虽是由贫农出身的富农，可是他要我们读书，因为他说一个家庭要繁荣，不但要耕，而且要读，读书是跟买田置地一样重要的。

看到他脾气还好，我鼓起勇气向他要求：

"爷爷，让我到外边玩玩。"

"去吧，却不准闹事，闯了祸回来，得提防你的脚骨！"

我连声应着，拘拘谨谨的走向大门，仿佛很听话似的。但一走出门，我就拔着脚跑了。世遂妈的园子就在我家后面，横过一条小巷就是那扇陈腐的园门。我把它轻轻一推，希望它会倒掉，但没有用。于是慌忙地向周围一望，看见没有人，园里也是静静的，使我鼓起了勇气。墙十分低矮，爬进去倒很容易，可是爬树却是困难了。

经过了许多曲折，我终于达到枝头，隐在树叶中拼命的吃，没有一点选择的，差不多连皮带核的，只要是枇杷就放进口里，咀嚼也忘掉了，一骨碌吞下肚去就算，会不会生病更是计算不到，甚至有虫的也吃进去了，那种急性的吃法，我现在还能如同亲身经历似的回想起来，仿佛肚里满是枇杷核，枇杷汁似的，膨胀得非常难熬。

正当吃得过瘾了，预备下来的时候，突然听到世遂妈的声音：

"是谁呀！是谁呀！"

本来我已有一只脚伸出茂密的枝叶外面，听到这声音一慌，连忙想把脚躲回，但一个落空，嘭啦一声的跌下来了。

伤势自然很重的，因为我一连几天不还魂，只是昏沉沉的睡觉，觉得遍身都十二分疼痛。醒来的时候，看见祖父和母亲都坐在我的床前。

"他脚上扭伤了一块骨头，再想法替他医医才好。"

祖父严厉地，野蛮地看着母亲：

"你替倒门楣的儿子医病？这点钱宁愿拿来吃饭！哼，这次不跌死……"

他骂着，敲着竹拐杖，愤愤地走开了。因此母亲再不敢提一句请大夫的话，随我自己痛得死去活来。她虽则爱我，但在祖父的威严下，敢多说一句话吗？

在床上睡了几个月，我才能起来，多谢天，虽则睡得这么久，却还没有烂了半个身体！可是那块扭伤了的骨头，却不折不扣地使我跛了脚，变成了残废了。

那回不曾跌死真是奇怪的，我自己觉得不可思议，大约祖父也要不胜快快吧。

枇杷

/ 王以仁

又是初夏时节了。街上的水果店内，一处处都陈列着黄得可爱的枇杷。贪吃水果的我，每逢走到枇杷摊畔的时候，喉咙总要觉得痒起来的样子；但是两手向一空如洗的袋中按着时，又不免沉寂的叹了一口气，只能把口内的唾液，向肚皮里倒咽下去，作个聊以过瘾。

迅速的光阴和凄迷的残梦似的，永远不肯在人间留着一丝痕迹，到杭州的时间已足足的有三个月了。杭州的日子似乎有点和别处不同，我总觉得它太长，一面又觉得它太短。情绪纷歧的我怕是已经忘记了人间的岁月。若不是许多家人妇女的车前或轿后飘着几串纸锭；若不是随处荒芜满目的坟茔，有如许摇动着的衣香裙影在那里伸出纤纤的玉指展拜；若不是染成血色的杜鹃，衬贴在光华焕发的美女的鬓旁；我差不多忘却了那天的清明佳节。若不是湖滨有如许的善男信女，买来了整千整万的鱼虾在那边放生；若不是和妇人的嘴唇一般鲜红，和妇人的眼球一般清润而活动的樱桃，一篮篮的在街上叫卖；若不是那个无聊的男子故意把青梅子拿到我的面前来招呼我的生意，令我的口旁流下了两道酸的唾涎；我也差不多忘却了那天是称人轻重的立夏。使人老去的岁月，真是令人不堪回首呀！

如今又是换来了一种不同的情调了，在两眼开阖了几次的中间；清明和立夏都不声不响地埋葬在残灰一般的光阴之下了。回想起来，孤山的梅花飞落的情形，仿佛如在目前，又仿佛和隔世的事情一样。只有令人齿酸的梅子，曾经伴过了朱红的樱桃，现在又在水果店内伴着橙黄的枇杷。可怜孤山上的树树梅花，只留一片青葱的绿叶了。

对着几个黄色的枇杷，想起了一件儿时的旧事，那时不知是六岁还是七岁，我现在已经不大记得清楚。

我刚从书房中和我的堂兄携手回家，白发婆娑的祖母，笑容满遮着她的脸孔，额上的皱纹也似乎露出了一种愉快的颜色；几颗残留在内的上下不相对的牙齿，露在我的眼前。她一手牵着我的堂兄，一手牵着了我；我们两人绕在祖母的两旁，一步一跳的走进祖母的房内。

"你们晓得我有什么东西给你们吃？"贪吃的我真高兴得跳起来了。我的堂兄只比我大得三岁，却已经有些老成持重的模样，和我有些不同。

"是山楂糕吧？"因为我在两天以前，曾经看见一个同学在那边吃着山楂糕，我心里觉得红得非常可爱。到那天还没有忘记，所以不期而然的说了出来。

"不是！"祖母摇着头，疏疏的白发在头上摆动。

"是冰糖吧？"我的堂兄说。因为他平常洗脚和剃头的时候，必定要我的伯父给他冰糖吃，他才肯听伯父的吩咐。

"那末一定是糖霜孩了。"我接着说。

我的祖母摇着头说我们都没有猜着。我的堂兄和我都呆呆的看看祖母出神。

"请你告诉我，那东西的形状。祖母！"毕竟是年纪大一点的堂兄，理想比我周到得多多了。

"那东西的形状是圆的，而且是果子。"

"是梅子吧？一定是妗婆家里送来的梅子。"我的堂兄这样下注脚的说，我也觉得是梅子无疑了。我有些奇怪，为什么连每年都有人送来的梅子，想都想不到。

祖母依然笑着摇头；我又觉得非常失望，我堂兄也摸着他的耳朵在发呆。

"那末一定是杨梅了！欢庙人不是每年都有杨梅送来的吗？一定是杨梅了！"我高声的说。我以为的确是被我猜中了的，心中觉得格外的愉快，说话的声音非常洪大，似乎不是六七岁的孩子的声音。

"傻孩子！杨梅现在还没有开园呢！现在距离夏至还有一个月，那里来的杨梅！我对你们说，是二姑娘家中送来的枇杷。连这一种水果都会猜不到。"祖母微嗔带笑的抚着我的左肩，随手到橱内去拿枇杷了。

我的喉咙像一颗蚕在里面爬着的一样，恨不得把这些枇杷一口吞在肚内。祖母却慢腾腾的说：

"你们先把习字的簿子给我看，那一个'明珠圈'多一些，那一个多吃几个枇杷。"

我急把我的写字簿子给我的祖母，祖母架上了一副纸框的老花眼镜，镜框系着两条青线，套在她干枯耳旁。慈祥的眼光从镜内窥着我的簿子；她看见我的加圈的要比没有加圈的多，脸上现出非常高兴的颜色。看过了我的簿子，她又去看我的堂兄的簿子。她说堂兄簿子加圈的字比我的多，却引起了我的疑心。因为那天在书房的时候我明明数过了的，我的圈儿的确比他多得四个。平常他写字时总在大字的旁边写上了许多小字，那天却偷懒没有写上。我看见我的堂兄指点祖母看的地方，却写着累累如穿球一般的小字。我就指破了他的伪处，对祖母说：

"这里不是，这里是前天写的；今天写的一张是没有小字添写上去的。"我就把那天写的一张寻出来给祖母看。若不是红笔在格内记上了日子，我的堂兄差不多要和我拼命的样子。我却恋恋的依在祖母的旁边。

祖母因为堂兄的伪计，罚他少吃两个枇杷。我拿十来个的枇杷，把书包丢在祖母的房内，三步并作两步的跳到母亲的房内，告诉她这枇杷的经过。母亲似怒似喜的说我未免多事，我却含着枇杷没有答应。

后来到书房去的时候，我的堂兄有好几天没有睬我，并且还约好了另外的几个同学和我作对。

现在我的祖母已经死了九年了。我每看黄色的枇杷，总要想起了白发慈祥的祖母，可是叫我到何处去寻求呢？呵！人生和光阴都是不可捉摸的残梦！都是无形无迹的一缕青烟！

一九二五，五，二一，杭州

在别墅

/ 李广田

因为养病，住在乡下的别墅里，同来作伴的，只有母亲。

叫作别墅，也只是说着好听罢了，其实也不过是旷野的几间农舍，四围又绕上了一带短垣。这农舍，距我们的市镇尚有十里，举目四望是绿树、是田禾，农舍附近，就是自家的农田之一部。在农田之一角，有自家的一片榆林。

"娘，我将做些什么来自己消遣呢？"时常向母亲提出了这样的问题，像三岁的小孩似的，觉得什么事也不能做，除非得到了母亲的允许或帮助。这时，母亲便照例地回答我，说："医生再三嘱咐，不准你做什么事，你只好晒晒日头，睡睡觉，就已经够了。"

实在地，同母亲住在一块，我还能有什么可做呢。书，是不让读的，信，也不许写。一切文具，都不在手下，就是偶尔想写下点什么记号之类也不可得。原先住在镇上，那里有许多可以谈天的人，无论是那些吸着长烟管的农夫或踢毽子打球的孩子们，都会给我以欣慰。然而，怕我受不起那些烦扰，才终于搬到了野外来，虽然自己最怕寂寞，为了养病，也不能不安于寂寞了。而母亲呢，终日只打算着我饮食起居的事，便已操劳不少，老年人只为了儿子的病而担忧的心情，我已深深地体谅到了，我不愿意在任何事情上违背母亲的意思。

有一天，当吃着晚饭的时候，母亲忽然想起来似的，说："明天是镇上的市集了，我想去买些菜来，如能买到一只鸡便好，因为昨天镇上的王家伯母来，说你是应当吃鸡的，可作药物，又可以当饭吃的呢。"说着，显出很得意的样子，征求我的同意。次日清晨，用过早点之后，母亲便独自到市集去了。回来时日已晌午，母亲很得意地说："不但买了鸡来，还学了吃鸡的方法来呢。"便从麻袋里放出一只肥大的公鸡来，黑羽毛，金颈项。顶上的冠子大而且红，昂了首，抖擞着精神，是一只很可爱的公鸡。可惜在腿上还系着只破鞋，像戴着脚镣一般，使它不能十分自由，不然我想它怕要逃去了。

"是今天就杀呢，还是等到明天？"母亲问。

"不，"我摇头回答，"且养它几天再说罢。"

母亲又接着说："养它几天也可以，或者还可以养得更肥些呢。"我听了这话，觉得颇不舒服，但也不好说出什么，心想：

"这只鸡，终于是要为我而死的了。"

次日清晨，不等母亲呼唤，我便起床了，出乎意料的喜欢，因为我听到了被买来的那只公鸡的早啼。对这只即使将要被杀，也还尽着这司晨的义务的鸡，觉得很可感激，但同时又觉得很可哀怜，"让它活下去罢。"就有这样的心思。当散步归来时，看见母亲撒些谷粒给那鸡吃，那鸡也就泰然地啄食，对于那饲养它的人，表示出亲昵的样子。

"听了鸡叫，所以才早起的呢。"

"真的吗？那么就留它叫五更好了。"母亲这样回答，仿佛很体谅我的用心。

午饭后，我把这鸡带到榆林间去，因为那里有东西可以啄食，如草叶、草实、野葡萄子之类，在荒草里也可以找得青色的小虫，这更是很好的鸡的食饵了。当这鸡在那草地上任意啄食时，我也在帮它寻取，每当捉得一只青虫或蚂蚱之类时，便咕咕咕地把鸡唤来，并给它吃。它每是绕在我身旁不去。并时常抬起它那带着红冠的头来向我注视，也在喉间发出很轻微的咕咕鸣声。

这样的日子，过了三五天，母亲不曾提起过杀鸡的事，只有时候说："这鸡更肥了。"并不再说别的。我呢，也乐得来这样下去，病虽依然如初，说是吃掉一只鸡便可痊愈的事，谁能相信呢。我每天带着这只被留下来的公鸡到榆林间去，在那里游戏，在那里休息，不但忘却了寂寞，且也过了些有趣的日子。仿佛一只鸡也就懂得人的心思似的，对自己表示出那样的友情：几乎是不能相离地，它随时跟在我脚后，坐下来，它伏在我的身旁，有时，竟要飞到我的身上来了，捉到青虫时，便可在我的手心里被它啄食，很是可喜。有时，它失迷在那些榆林的荒草里去了，只要听到咕咕的呼唤，便摇摆着肥重的身体向我奔来。夜里就宿在屋前的埘中，清晨便把我从梦中唤醒。

是某日的晚间，天空阴得颇浓，好像就要下雨了。用过晚饭之后，母亲说："天很冷，早些上床去睡罢。"还不等入睡，便听到窗外洒洒的雨声了。明晨醒来，已是早饭时候，外面的雨声还是不停。对于自己的这样懒起，觉得很不高兴，好像在后悔着什么，又好像在怨恨着那雨，仔细想时，原来母亲既未把我唤醒，又不曾听到鸡声，为什么今天会没有了鸡声呢？觉得很是可疑。当我随便地洗过手脸之后，看见母亲很慌忙地冒着雨从厨房里走来，两手上捧着一碗热气腾腾的东西放在我的面前，并说："快点吃罢，鸡已煮好了。"

我很久地沉默着，望着那碗上的热气向上蒸腾，眼前只是一片模糊。在雨声中，听到母亲在一旁用颤抖的声音说："怎么还不快吃呢？等会儿就要凉了。好容易，费了一夜的工夫才给你煮好，而且还是神煮！"说着，也坐在了一旁沉默着。我们都沉默着，而且沉默了很久。

所谓神者者，这便是母亲所说的，学来的那者法了。把鸡杀死洗净之后，并不切碎，也不加些油盐之类，只放在清水里煮熟，而所用柴薪，又只限于用谷楷七束，在锅里煮过一夜之后方取食，据说，这样煮法就可以医病。

听了母亲的再三督促，觉得很是难忍。最后，母亲竟哭着说："原是希望给你治病的，既这样，我还有什么希望呢。"说着，就不能自已地呜咽起来。我也只有忍着泪，服从了母亲的命令。

又过了几日，母亲说："再去买只来吃罢。"我说："吃过一次，病也不见好，也就不必再买了。"此后，便不再提起关于吃鸡的事。至于自己的病呢，确也不曾见好，医生说还须继续静养，很想早搬回镇里去住，也不可能，只是依然过着那幽静的日子，在野道上缓步，在榆林间徘徊或沉思。

姜够本

/ 邓拓

平常谈话中，说到生产上完成一宗新的试验，而没有吃亏，总是说"将够本"。我曾向几位同志请教这句话的来历，都以为是"刚够本"，把"刚"字读为"将"字的音。后来有一位熟悉农业生产情况的同志，告诉我说，这是"姜够本"。回来一查，果然他说的有根据。原来这句话不但是长期流传的成语，而且是一条重要的农业知识和经验的总结。

元代的农学家王祯，在《农桑通诀》中就曾写道："四月，竹篾爬开根土，取姜母货之，不亏元本。"又说："俗谚云，养羊种姜，子利相当。"过去对于"取姜母货之，不亏元本"这一行文字，马马虎虎看了，并没有发现这里边有什么大道理。而在实际生产知识丰富的人看来，这些文字记载却概括了非常可贵的经验。

据说许多有经验的老农种生姜，一亩沙土地可得三千斤。

每一棵姜最初只用一小片老姜做种，长出的新姜就有两三斤。即便遇到天时不利，田里别的农作物颗粒不收，而种姜的田地上如果也不长什么，你只要挖出原来种下去的老姜，它却一点也不会损坏，照样能吃的、能卖的，绝不至于把老本丢光了。这就叫作"姜够本"，也就是王祯说的"爬开根土，取姜母货之，不亏元本"的意思。这一点在其他许多农书上都没有写清楚。比如最著名的明代大植物学家李时珍在《本草纲目》中也只是说："姜宜原隰沙地。四月取母姜种之，五月生苗，如初生嫩芦，而叶稍阔，似竹叶，对生，叶亦辛香。秋社前后，新芽顿长，如列指状，采食无筋，谓之子姜。秋分后者，次之。霜后则老矣。"

　　说一句公平的话，李时珍的著作在不少地方，并没有超出他的前人王祯的解释。王祯的《农桑通诀》有许多记载更切合于农业生产的实际经验，他说的种姜方法，我看很重要，应该加以介绍。他写道：

　　　　秋社前，新芽顿长，分采之，即紫姜。芽色微紫，故名。最宜糟食，亦可代蔬。刘屏山诗云："恰似匀妆指，柔尖带浅红。"似之矣。白露后，则带丝，渐老，为老姜。味极辛，可以和烹饪，盖愈老而愈辣者也。曝干则为干姜，医师资之，今北方用之颇广。九月中掘出，置屋中，宜作窖，谷秆合埋之。今南方地暖不用窖。至小雪前，以不经霜为上。拔去日，就土晒过，用筹箬盛贮，架起，下用火熏；三日夜，令湿气出尽，却掩箬口，仍高架起，下用火熏，令常暖，勿令冻损。至春，择其芽之深者，如前法种之，为效速而利益倍。

这一段记载显然是直接从老农的长期经验中得来的，具有首创的意义。在王祯以前，我们翻阅《齐民要术》《尔雅翼》《四时类要》等书的记载，都没有说到这些要领。由此可见王祯的确是在李时珍以前很有成就的一位农学家。当他做江西永丰知县的时候，经常和老农在一起，研究农桑园艺，总结生产经验，著书推广农业知识。他对中国农业科学的发展，无疑地是有重要贡献的。这里所说的种姜，只不过是一个小小的例证罢了。

我们应该把王祯等古代农学家总结了的经验，和现在老农的经验结合起来，利用北方土壤和气候适宜于种姜的条件，多多推广种姜。因为姜对于人的健康大有益处。当然，用量要控制，如果过量了，反而有害，这是不待说的。只要用量适当，那么，姜就可以治疗许多种疾病。王安石的《字说》称："姜能疆御百邪，故谓之姜。"苏轼的《东坡杂记》描写钱塘净慈寺的和尚，年纪八十多岁，颜色如童子，"自言服生姜四十年，故不老云"。

这就证明了生姜对人体健康的好处。《本草纲目》中列举生姜能治疗的病症，总有几十种。所以，李时珍说姜是"可蔬、可和、可果、可药，其利博矣"。

其实，早在春秋时代，孔子就知道吃生姜对身体有益，所以孔子生平"不撤姜食"。到了汉代，有人由于大量种姜，终于发财致富，因此，司马迁在《史记·货殖列传》中写道："千畦姜韭，其人与千户侯等。"时至今日，人们的经验更多了，应该更清楚地知道种姜的好处，进一步加以推广，绝不仅仅因为它够本而已。

一九六二年七月

◆

第四章

烟与酒

◆

谈酒

/ 周作人

这个年头儿，喝酒倒是很有意思的。我虽是京兆人，却生长在东南的海边，是出产酒的有名地方。我的舅父和姑父家里时常做几缸自用的酒，但我终于不知道酒是怎么做法，只觉得所用的大约是糯米，因为儿歌里说，"老酒糯米做，吃得变nio-nio"——末一字是本地叫猪的俗语。做酒的方法与器具似乎都很简单，只有煮的时候的手法极不容易，非有经验的工人不办，平常做酒的人家大抵聘请一个人来，俗称"酒头工"，以自己不能喝酒者为最上，叫他专管鉴定煮酒的时节。有一个远房亲戚，我们叫他"七斤公公"——他是我舅父的族叔，但是在他家里做短工，所以舅母只叫他作"七斤老"，有时也听见她叫"老七斤"，是这样的酒头工，每年去帮人家做酒；他喜吸旱烟，说玩话，打马将，但是不大喝酒（海边的人喝一两碗是不算能喝，照市价计算也不值十文钱的酒），所以生意很好，时常跑一二百里路被招到诸暨嵊县^①去。据他说这实在并不难，只需走到缸边屈着身听，听见里边起泡的声音切切嚓嚓的，好像是螃蟹吐沫（儿童称为蟹煮饭）的样子，便拿来煮就得了；早一点酒还未成，迟一点就变酸了。但是怎么是恰好的时期，别人仍不能知道，只有听熟的耳朵才能够断定，正如古董家的眼睛辨别古物一样。

大人家饮酒多用酒盅，以表示其斯文，实在是不对的。正当的喝法是用一种酒碗，浅而大，底有高足，可以说是古已有之的香槟杯。平常起码总是两碗，合一"串筒"，价值似是六文一碗。串筒略如倒写的凸字，上下部如一与三之比，以洋铁为之，无盖无嘴，可倒而不可筛，据好酒说酒以倒为正宗，筛出来的不大好吃。唯酒保好于量酒之前先"荡"（置水于器内，摇荡而洗涤之谓）串筒，荡后往往将清水之一部分留在筒内，客嫌酒淡，常起争执，故喝酒老手必先戒堂倌以勿荡串筒，并监视其量好放在温酒架上。能饮者多索竹叶青，通称曰"本色"，"元红"系状元红之略，则着色者，唯外行人喜饮之。在外省有所谓花雕者，唯本地酒店中却没有这样东西。相传昔时人家生女，则酿酒贮花雕（一种有花纹的酒坛）中，至女儿出嫁时

---

① 现嵊州市。——编者注

用以饷客，但此风今已不存，嫁女时偶用花雕，也只临时买"元红"充数，饮者不以为珍品。有些喝酒的人预备家酿，却有极好的，每年做醇酒若干坛，按次第埋园中，二十年后掘取，即每岁皆得饮二十年陈的老酒了。此种陈酒例不发售，故无处可买，我只有一回在旧日业师家里喝过这样好酒，至今还不曾忘记。

我既是酒乡的一个土著，又这样的喜欢谈酒，好像一定是个与"三酉"结不解缘的酒徒了。其实却大不然。我的父亲是很能喝酒的，我不知道他可以喝多少，只记得他每晚用花生米水果等下酒，且喝且谈天，至少要花费两点钟，恐怕所喝的酒一定很不少了。但我却是不肖，不，或者可以说有志未逮，因为我很喜欢喝酒而不会喝，所以每逢酒宴我总是第一个醉与脸红的。自从辛酉患病后，医生叫我喝酒以代药饵，定量是勃兰地①每回二十格阑姆②，蒲桃酒③与老酒等倍之，六年以后酒量一点没有进步，到现在只要喝下一百格阑姆的花雕，便立刻变成关夫子了。（以前大家笑谈称作"赤化"，此刻自然应当谨慎，虽然是说笑话）有些有不醉之量的，愈饮愈是脸白的朋友，我觉得非常可以欣羡，只可惜他们愈能喝酒便愈不肯喝酒，好

①即白兰地。
②即克。
③即葡萄酒。

像是美人之不肯显示她的颜色，这实在是太不应该了。

黄酒比较的便宜一点，所以觉得时常可以买喝，其实别的酒也未尝不好。白干于我未免过凶一点，我喝了常怕口腔内要起泡，山西的汾酒与北京的莲花白虽然可喝少许，也总觉得不很和善。日本的清酒我颇喜欢，只是仿佛新酒模样，味道不很静定。蒲萄酒与橙皮酒都很可口，但我以为最好的还是勃兰地。我觉得西洋人不很能够了解茶的趣味，至于酒则很有工夫，决不下于中国。天天喝洋酒当然是一个大的漏卮，正如吸烟卷一般，但不必一定进国货党，咬定牙根要抽净丝，随便喝一点什么酒其实都是无所不可的，至少是我个人这样的想。

喝酒的趣味在什么地方？这个我恐怕有点说不明白。有人说，酒的乐趣是在醉后的陶然的境界。但我不很了解这个境界是怎样的，因为我自饮酒以来似乎不大陶然过，不知怎的我的醉大抵都只是生理的，而不是精神的陶醉。所以照我说来，酒的趣味只是在饮的时候，我想悦乐大抵在做的这一刹那，倘若说是陶然那也当是杯在口的一刻罢。醉了，困倦了，或者应当休息一会儿，也是很安舒的，却未必能说酒的真趣是在此间。昏迷，梦魇，呓语，或是忘却现世忧患之一法门；其实这也是有限的，倒还不如把宇宙性命都投在一口美酒里的耽溺之力还要强大。我喝着酒，一面也怀着"杞天之虑"，生恐强硬的礼教反动之后将引起颓废的风气，结果是借醇酒妇人以避礼教的迫害，沙宁（Sanin）时代的出现不是不可能的。但是，或者在中国什么运动都未必彻底成功，青年的反拨力也未必怎么强盛，那么杞天终于只是杞天，仍旧能够让我们喝一口非耽溺的酒也未可知。倘若如此，那时喝酒又一定另外觉得很有意思了罢？

一九二六年六月二十日，于北京

戒酒

/ 老舍

　　并没有好大的量，我可是喜欢喝两杯儿。因吃酒，我交下许多朋友——这是酒的最可爱处。大概在有些酒意之际，说话做事都要比平时豪爽真诚一些，于是就容易心心相印，成为莫逆。人或者只在"喝了"之后，才会把专为敷衍人用的一套生活八股抛开，而敢露一点锋芒或"谬论"——这就减少了我脸上的俗气，看着红扑扑的，人有点样子!

　　自从在社会上做事至今的廿五六年中，虽不记得一共醉过多少次，不过，随便的一想，便颇可想起"不少"次丢脸的事来。所谓丢脸者，或者正是给脸上增光的事，所以我并不后悔。酒的坏处并不在撒酒疯，得罪了正人君子——在酒后还无此胆量，未免就太可怜了! 酒的真正的坏处是它伤害脑子。

　　"李白斗酒诗百篇"是一位诗人赠另一位诗人的夸大的谀赞。据我的经验，酒使脑子麻木、迟钝，并不能增加思想产物的产量。即使有人非喝醉不能作诗，那也是例外，而非正常。在我患贫血病的时候，每喝一次酒，病便加重一些；未喝的时候若患头"昏"，喝过之后便改为"晕"了，那妨碍我写作！

对肠胃病更是死敌。去年，因医治肠胃病，医生严嘱我戒酒。从去岁十月到如今，我滴酒未入口。

不喝酒，我觉得自己像哑巴了：不会嚷叫，不会狂笑，不会说话！啊，甚至于不会活着了！可是，不喝也有好处，肠胃舒服，脑袋昏而不晕，我便能天天写一二千字！虽然不能一口气吐出百篇诗来，可是细水长流的写小说倒也保险；还是暂且不破戒吧！

戒烟

/ 老舍

戒酒是奉了医生之命，戒烟是奉了法弊的命令。什么？劣如"长刀"也卖百元一包？老子只好咬咬牙，不吸了！

从廿二岁起吸烟，至今已有一世纪的四分之一。这廿五年养成的习惯，一旦戒除可真不容易。

吸烟有害并不是戒烟的理由。而且，有一切理由，不戒烟是不成。戒烟凭一点"火儿"。那天，我只剩了一支"华丽"。一打听，它又长了十块！三天了，它每天长十块！我把这一支吸完，把烟灰碟擦干净，把洋火放在抽屉里。我"火儿"啦，戒烟！

没有烟，我写不出文章来。廿多年的习惯如此。这几天，我硬撑！我的舌头是木的,嘴里冒着各种滋味的水,嗓门子发痒,太阳穴微微的抽着疼！——顶要命的是脑子里空了一块！不过，我比烟要更厉害些：尽管你小子给我以各样的毒刑，老子要挺一挺给你看看!

毒刑夹攻之后,它派来会花言巧语的小鬼来劝导:"算了吧,也总算是个老作家了,何必自苦太甚!况且天气是这么热;要戒,等到秋凉,总比较的要好受一点呀!"

"去吧!魔鬼!咱老子的一百元就是不再买又霉、又臭、又硬、又伤天害理的纸烟!"

今天已是第六天了,我还撑着呢!长篇小说没法子继续写下去;谁管它!除非有人来说:"我每天送你一包'骆驼',或廿支'华福',一直到抗战胜利为止!"我想我大概不会向"人头狗"和"长刀"什么的投降的!

吸烟与文化（牛津）

/ 徐志摩

一

牛津是世界上名声压得倒人的一个学府。牛津的秘密是它的导师制。导师的秘密，按利卡克教授说，是"对准了他的徒弟们抽烟"。真的在牛津或康桥①地方要找一个不吸烟的学生是很费事的——先生更不用提。学会抽烟，学会沙发上古怪的坐法，学会半吞半吐的谈话——大学教育就够格儿了。"牛津人""康桥人"还不够抖吗？我如果有钱办学堂的话，利卡克说，第一件事情我要做的是造一间吸烟室，其次造宿舍，再次造图书室；真要到了有钱没地方花的时候再来造课堂。

---

① 即剑桥。——编者注

二

怪不得有人就会说，原来英国学生就会吃烟，就会懒惰。臭绅士的架了！臭架了的绅士！难怪我们这年头背心上刺刺的老不舒服，原来我们中间也来了几个叫土巴菇烟臭熏出来的破绅士！

这年头说话得谨慎些。提起英国就犯嫌疑。贵族主义！帝国主义！走狗！挖个坑埋了他！

实际上事情可不这么简单。侵略、压迫，该咒是一件事，别的事情不跟着走。至少我们得承认英国，就它本身说，是一个站得住的国家，英国人是有出息的民族。它的是有组织的生活，它的是有活气的文化。我们也得承认牛津或是康桥至少是一个十分可羡慕的学府，它们是英国文化生活的娘胎。多少伟大的政治家、学者、诗人、艺术家、科学家，是这两个学府的产儿——烟味儿给薰出来的。

三

利卡克的话不完全是俏皮话。"抽烟主义"是值得研究的。但吸烟室究竟是怎么一回事？烟斗里如何抽得出文化真髓来？对准了学生抽烟怎样是英国教育的秘密？利卡克先生没有描写牛津、康桥生活的真相；他只这么说，他不曾说出一个所以然来。许有人愿意听听的，我想。我也在英国念过两年书，大部分的时间在康桥。但严格的说，我还是不够资格的。我当初并不是像我的朋友温源宁先生似的出了大金镑正式去请教熏烟的；我只是个，比方说，烤小半熟的白薯，离着焦味儿透香还正远哪。但我在康桥的日子可真是享福，生怕这辈子再也得不到那蜜甜的机会了。我不敢说康桥给了我多少学问或是教会了我什么，我不敢说受了康桥的洗礼，一个人就会变气息，脱凡胎。我敢说的只是——就我个人说，我的眼是康桥教我睁的，我的求知欲是康桥给我拨动的，我的自我的意识是康桥给我胚胎的。我在美国有整两年，在英国也算是整两年。在美国我忙的是上课，听讲，写考卷，啃橡皮糖，看电影，赌咒。在康桥我忙的是散步，划船，骑自转车，抽烟，闲谈，吃五点钟茶、牛油烤饼，看闲书。如其我到美国的时候是一个不含糊的草包，我离开自由神的时候也还是那原封没有动；但如其我在美国的时候不曾通窍，我在康桥的日子至少自己明白了原先只是一肚子颟顸。这分别不能算小。

　　我早想谈谈康桥，对它我有的是无限的柔情。但我又怕亵渎了它似的始终不曾出口。这年头！只要"贵族教育"一个无意识的口号就可以把牛顿、达尔文、米尔顿、拜伦、华兹华斯、阿诺尔德、纽门、罗刹蒂、格兰士顿等所从来的母校一下抹煞。再说年来交通便利了，各式各种日新月异的教育原理教育新制翩翩的从各个方向的外洋飞到中华，哪还容得厨房老过四百年墙壁上爬满骚胡髭一类藤萝的老书院一起来上讲坛？

四

但另换一个方向看去，我们也见到少数有见地的人，再也看不过国内高等教育的混沌现象，想跳开了蹂烂的道儿，回头另寻新路走去。向外望去，现成有牛津康桥青藤缭绕的学院招着你微笑；回头望去，五老峰下飞泉声中白鹿洞一类的书院瞅着你惆怅。这浪漫的思乡病跟着现代教育丑化的程度在少数人的心中一天深似一天。这机械性买卖性的教育够腻烦了，我们说。我们也要几间满沿着爬山虎的高雪克屋子来安息我们的灵性，我们说。我们也要一个绝对闲暇的环境好容我们的心智自由的发展去，我们说。

林语堂先生在《现代评论》登过一篇文章谈他的教育的理想。新近任叔永先生与他的夫人陈衡哲女士也发表了他们的教育的理想。林先生的意思约莫记得是想仿效牛津一类学府；陈、任两位是要恢复书院制的精神。这两篇文章我认为是很重要的，尤其是陈、任两位的具体提议，但因为开倒车走回头路分明是不合时宜，他们几位的意思并不曾得到期望的回响。想来现在学者们太忙了，寻饭吃的、做官的、当革命领袖的，谁都不得闲，谁都不愿闲，结果当然没有人来关心什么纯粹教育（不含任何动机的学问）或是人格教育。这是个可憾的现象。

我自己也是深感这浪漫的思乡病的一个；我只要

草青人远，

一流冷涧……

但我们这想望的境界有容我们达到的一天吗？

民国十五年^①一月十四日

---

①即 1926 年。——编者注

酒和烟

/ 梁得所

For Auld Lang Syne, my dear,

For Auld Lang Syne,

We'll take a cup of kindness yet,

For Auld Lang Syne.

——Bobert Burns.

上边几行简单的句子，是苏格兰诗人朋斯 [①] 的名作，自从填入曲谱，便成为世界流行歌，各处都唱着，当朋友久别重逢举杯欢饮的时候。歌词的意思，此刻无须翻译了，我记得在一家酒楼上看过一幅现成的题句，意境很相像，题的是：

---

① 即罗伯特·朋斯。——编者注

我有一樽酒，欲以赠故人；

愿子同斟酌，叙此平生亲。

酒，是朋情的溶液。世界各处风俗不同，每一件东西有两样意义——比如我们以唾面为绝大侮辱，非洲有些地方却以唾面为祝福敬礼——至于酒的意义，天下划一。

然而，物件的本身往往是矛盾的。砒霜是毒药，同时可做补剂。酒杯，是腾欢兴奋的宝座，同时又是悲痛颓丧的棺材啊！

我有时在杂货店里，看见货架上摆着一瓶瓶的酒，颇替它们的前途命运担心。同是一瓶白兰地，可供军队凯旋祝捷宴会之用，亦可供沉船时乘客麻醉等死。同是一瓶花雕，将来卖出去，是供热闹婚筵猜拳之用呢？抑或给孤独的失恋者糊里糊涂地苦饮？可惜我不是算命先生，否则颇想替瓶中的酒占个卦。

酒的命运既不能卜，我唯有希望，每一瓶，每一杯，都在 *Auld Lang Syne* 的欢唱声中而饮尽，因为酒能增人的欢情，却不能解人愁绪。虽然古语有所谓"何以解忧，唯有杜康"，究不如"借酒浇愁愁愈愁"这话较为真确。

因为笑，世人同你笑；哭，你自己去哭罢。"酒逢知己千杯少"，独酌太容易醉了。

至于醉后的情景怎样的，或者读者比我知得清楚，因为我未曾醉过，虽然人家喝酒我亦奉陪，可是一两杯便很够很够。讲起来又一段笑话：前年有朋友送我一瓶葡萄红酒，我因没有开瓶拔塞的器具，于是趁中午品茗的时候，把那瓶酒带到茶楼去，叫侍者替找开了。过不久，有人对找的同事说："梁某人酒瘾果然大，中午菜点亦要携酒入座！"再过不久，接到母亲叫妹妹写来的信，劝我不要醉酒。我料不到偶然带酒瓶上茶楼，那么小事也会引起谣言，虽然，连谣言亦是小事而已。

到近来，生活更缺乏酒的意味。编室中人人喝茶，我却惯喝白开水。生活平淡，像那不甜不苦的开水一般平淡。朋友，让我和你们共谋一醉，倘若我有不能不醉的时候。

烟，性质和酒很相像，朋友应酬间用之，尤为普遍。比如你到码头去接一位从金山回来的戚友，见面握手之后，他从左襟小袋里拔出一支拇指头一般粗大的雪茄烟，递给你，你欣然受之，于是宾主皆大欢喜。

然而烟并不是专趁热闹的，它常常做寂寞孤独者的伴侣。"何以解闷，唯有烟斗"，这话我想不会说错，因为据我屡次的观察，朋友当中忽然衔起烟斗的，他心里必有烦恼的问题，既缺乏慰解的人，他只好独自咬着烟斗踱来踱去。过些时日，他嘴间的烟斗不见了，我便恭贺他，因为此刻他的困难有了解决，或者烦闷过了气。然而可怜那烟斗，不知被丢弃在什么地方了。

当一个人孤寂而需要烟斗安慰之时，他常和它亲嘴，或放它在怀中。一旦那个人另有伴侣，或者那新伴侣更要他戒烟，他便把烟斗丢到冷清清的屉箱角。世上最可怜，莫如失恋的烟斗。因为人失恋之后，可以发奋吐气，或可以借烟酒而消沉，甚至可以自杀。至于烟斗失恋之后，它的悲哀永远没有出路。

据我所知，烟斗也有荣幸的。记得从前看过一本英文的随笔集，作者在首页题着说："谨将此书献给我的烟斗，因为如果没有它，我就写不出文章。"

香烟公司的广告曾利用"助长文思"为号召。此外，吸烟的朋友每作花言巧语的宣传，说："陈旧烟斗味香而冽，抽一口，味道直透脚趾头。"又说："雪茄最好是末后的半寸，聚烟的精华而吸之，简直吸出神仙。"然而那些宣传对我不发生效力，因为我觉得烟味不过一口苦辣而已；普通香烟虽然不大苦辣，却也找不出美味之所在。朋友颇替我可惜，说不会吸烟少了人生一种乐趣。我既未发觉其乐趣，自然无所谓可惜。不过有时人人吸得高兴，我也燃着一支，烧耗而不是享用，那才有点可惜。

前个月，美洲华侨一位读者向营业部订阅《良友》，来函说："寄上美金，照兑换除订报尚余一元二角，此款请代送梁得所先生，为买雪茄之用；小小意思，请他勿却。"我很感谢那位不相识的朋友的美意，虽然一元二角已换了书券寄还他。我并不以为那些钱近于小账打赏，"买雪茄之用"实在高雅得很；只是一来我不吸烟，二来馈赠无非表示一点意思，不在乎实物之收受。因此才把赠款璧还，盛情心领，心领。

朋友来访我，香烟也欠奉；而千里之外，竟有以雪茄见赠者。生平对人多欠负，故交新知，疏远为憾！偶然写成一篇《酒和烟》，即此敬奉四方的良友罢。

盼望我所写的随笔，堪作一种不含毒质的烟酒，虽然可有可无，亦不失其意味。此外不敢有什么奢望，因为我自己知道，这些文字，浅薄不足以做粮食，平凡而非药石之言。

酒与水

/ 王统照

"无人生而为饮水者"，因为唯酒有热力，有激动的资料，"水"，对于疲倦衰弱者更不相宜。

人生难道为喝白水而来吗？那样清，那样淡，味道醇化了，几乎使饮者麻木了触觉与味觉。

乏味而可厌的水却被神创造出来，强迫人喝下去；除此外，人间还有更大的不平事吗？

"将渴死，守着白水，明知是可以解救一时的危急，而想吃酒的热情不能自制。纵然救了渴死，而灵魂中的窒闷怎样才能消除。""酒"，它能惹起你的兴奋，冰解了你的苦闷，漠视了痛苦，增加你向前去，向上去，向未来去的快步。总之，它是味，是力，是热情，是康健的保证者！

除却神经已经硬化了的人，那个不存着这样似奇异而是人类本能的欲念？

但是癫狂呢，沉迷呢？

如果对"酒"先存了如此忧恐，不是人生的"白水"早已预备到他的唇吻旁边？

他对着"水"显见得十分踌躇，智慧在一边念念有词，而热情却满泛着青春的血色，也在一边对他注视。

究竟在"水"与"酒"之间，将何所取？

他的手抖颤着。

迟疑与希求的冲突，他的手向左，向右，都无勇决的力量伸出来，而智慧与热情都等待着：一在嘲笑，一在愤怒。

而且渴念焚烧着他的中心。

唯淡能永，唯无色，无味，能清涤肠胃。人生的日常饮料，如智慧然，此外你将何求？

无力怎能创造，无热怎能发动，无激动亦无健康，此外，即有智慧，不过是狡猾的寻求，而非勇健的担承！

两种声音，两种表现，两种的敌视与执着，对他攻击。

他的手更抖颤起来。

渴念从他的心底迸发出不能等待的喊呼，冲出了他的躯壳。于是这怯懦的人终被踌躇结束了！

而两边嘲笑与愤怒的云翳，仍然互相争长，遮盖了他的尸身。"无人生而为饮水者！"长空中有响亮的声音。

"但'酒'是人生渴时的饮物吗？"另一种声音恳切地质问。

"能饮着智慧杯中调和的情感，那不是既可慰他的渴念，也可激动他的精神吗？"仿佛是一位公断官的判词。

但被渴死的他的躯壳却毫无回应。

愚与迟疑早把他的灵魂拖去了，那里只是一具待腐的躯壳而已！

一九三八，七月十日大热中

谈抽烟

/ 朱自清

有人说："抽烟有什么好处？还不如吃点口香糖，甜甜的，倒不错。"不用说，你知道这准是外行。口香糖也许不错，可是喜欢的怕是女人孩子居多；男人很少赏识这种玩意儿的；除非在美国，那儿怕有些个例外。一块口香糖得咀嚼老半天，还是嚼不完，凭你怎么斯文，那朵颐的样子，总遮掩不住，总有点儿不雅相。这其实不像抽烟，倒像衔橄榄，你见过衔着橄榄的人？腮帮子上凸出一块，嘴里不时地嗞儿嗞儿的。抽烟可用不着这么费劲；烟卷儿尤其省事，随便一叼上，悠然的就吸起来，谁也不来注意你。抽烟说不上是什么味道；勉强说，也许有点儿苦吧。但抽烟的不稀罕那"苦"而稀罕那"有点儿"。他的嘴太闷了，或者太闲了，就要这么点儿来凑个热闹，让他觉得嘴还是他的。嚼一块口香糖可就太多，甜甜的，够多腻味；而且有了糖也许便忘记了"我"。

抽烟其实是个玩意儿。就说抽卷烟吧，你打开匣子或罐子，抽出烟来，在桌上顿几下，衔上，擦洋火，点上，这其间每一个动作都带股劲儿，像做戏一般自己也许不觉得，但到没有烟抽的时候，便觉得了。那时候你必然闲得无聊；特别是两只手，简直没放处。再说那吐出的烟，袅袅地缭绕着，也够你一回两回地捉摸；它可以领你走到顶远的地方去——即使在百忙当中，也可以让你轻松一忽儿。所以老于抽烟的人，一叼上烟，真能悠然遐想。他霎时间是个自由自在的身子，无论他是靠在沙发上的绅士，还是蹲在台阶上的瓦匠。有时候他还能够叼着烟和人说闲话；自然有些含含糊糊的，但是可喜的是那满不在乎的神气。这些大概也算是游戏三昧吧。

　　好些人抽烟，为的有个伴儿。譬如说一个人单身住在北平，和朋友在一块儿，倒是有说有笑的，回家来，空屋子像水一样。这时候他可以摸出一支烟抽起来，借点儿暖气。黄昏来了，屋子里的东西只剩些轮廓，暂时懒得开灯，也可以点上一支烟，看烟头上的火一闪一闪的，像亲密的低语，只有自己听得出。要是生气，也不妨迁怒一下，使劲儿吸它十来口。客来了，若你倦了说不得话，或者找不出可说的，干坐着岂不着急？这时候最好拈起一支烟将嘴堵上等你对面的人。若是他也这么办，便尽时间在烟子里爬过去。各人抓着一个新伴儿，大可以盘桓一会的。

从前抽水烟旱烟，不过一种不伤大雅的嗜好，现在抽烟却成了派头。抽烟卷儿指头黄了，由它去。用烟嘴不独麻烦，也小气，又跟烟隔得那么老远的。今儿大褂上一个窟窿，明儿坎肩上一个，由它去。一支烟里的尼古丁可以毒死一个小麻雀，也由它去，总之，螫螫扭扭的，其实也还是个"满不在乎"罢了。烟有好有坏，味有浓有淡，能够辨味的是内行，不择烟而抽的是大方之家。

烟卷

/ 朱湘

　　我吸烟是近四年来的事——从前我所进的学校里，是禁止烟酒的——不过我同烟卷发生关系，却是已经二十年了。那是说的烟卷盒中的画片，我在十岁左右的时候，便开始攒聚了。我到如今还记得我当时对于那些画片的搜罗带着多么大的热情，正如我当时对于攒聚各色的手工纸、各国的邮票那样。有的是由家里的烟卷盒中取来的，恨不得大人一天能抽十盒烟才好；还有的是用制钱——当时还用制钱——去，跑去，杂货铺里买来的。儿童时代也自有儿童时代的欢喜与失望：单就搜集画片这一项来说，我还记得当时如有一天那烟盒中的画片要是与从前的重复了，并不是一张新的，至少有半天，我的情感是要梗滞着，不舒服，徒然地在心中希冀着改变那既成的事实。攒聚全了一套画片的时候，心里又是多么欢喜！那便是一个成人与他所恋爱的女子结了婚，一个在政界上钻营的人一旦得了肥缺，当时所体验到的鼓舞，也不能在程度上超越过去。

便是烟卷盒中的画片这一种小件的东西，从中都能窥得出社会上风气的转移。如今的画片，千篇一律的，是印着时装的女子，或是侠义小说中的情节；这一种的风气，在另一方面表现出来，便是肉欲小说与新侠义小说的风行，再在另一方面表现出来，便是跳舞馆像雨后春笋一般地竖立起来，未成年的幼者弃家弃业地去求侠客的记载不断地出现于报纸之上。在二十年前，也未尝没有西洋美女的照相画片——性，那原是古今中外一律的一种强有力的引诱；在十年以前，我自己还拿十岁时候所攒聚的西洋美女的照相画片里的一张剪出来，插在钱夹里。也未尝没有《水浒》上一百零八人的画片——《水浒》，它本来是一部文学价值极高、深入民心、程度又深的书籍，可以算是古代的白话文学中唯一的能以将男性充分的发挥出来的长篇小说（我当时的失望啊，为了再也搜罗不到玉麒麟卢俊义这张画片的缘故！）——不过在二十年前，也同时有军舰的照相画片，英国的各时代的名舰的画片，海陆军官的照相画片，世界上各地方的出产物的画片……这二十年以来，外国对于我国的态度无可异议地是改变了，期待改变成了藐视，理想上的希望改变成了实际上的取利；由画片这一小项来看，都可以明显地看见了。

当时我所攒聚的各种画片之内，有一种是我所最喜欢的，并不是为的它印刷精美，也不是为的它搜罗繁难。它是在每张之上画出来一句成语或一联的意义，而那些的绘画，或许是不自觉的，多少含有一些滑稽的意味。"若要工夫深，钝铁磨成针"，"爬得高，跌得重"，以及许多同类的成语，都寓庄于谐地在绘画中实体演现了出来，映入了一个上"修身"课、读古文的高小学生的视觉……当时还没有《儿童世界》《小朋友》，这一种的画片便成为我的童年时代的《儿童世界》《小朋友》了。

　　画片，这不过是烟卷盒中的附属品，为了吸烟卷的家庭中那般儿童而预备的，在中国这个教育，尤其是儿童教育落伍的国家，一切含有教育意义的事物，当然都是应该欢迎、提倡的。不过就一般为吸烟而吸烟的人说来，画片可以说是视而不见的；所以在出售于外国的高低各种，出售于中国的一些烟盒、烟罐之内，画片这一项节目是除去了。

　　烟卷的气味我是从小就闻惯了，嗅它的时候，我自然也是感觉到有一种香味，还有些时候，我撮拢了双掌，将烟气向嗅官招了来闻；至于吸烟，少年时代的我也未尝没有尝试过，但是并没有尝出了什么好处来，像吃甜味的糖、咸味的菜那样，所以便弃置了不去继续，并且在心里坚信着，大人的说话是不错的，他们不是说了，烟卷虽是嗅着烟气算香，吸起来都是没有什么甜头，并且晕脑的么？

我正式的第一次抽烟卷，是在二十六岁左右，在美国西部等船回国的时候；我正式的第一次所抽的烟卷，是美国国内最通行的一种烟卷，"幸中"（Lucky Strike）。因为我在报纸、杂志之上时常看到这种烟卷的"触目的"广告，而我对于烟卷又完全是一个外行，当时为了等船期内的无聊，感觉到抽烟卷也算得一条便利的出路，于是我的"幸中"便落在这一种烟卷的身上。

船过日本的时候，也抽过日本的国产烟卷，小号的，用了日本的国产火柴，小匣的。

回国以后，服务于一个古旧狭窄的省会之内；那时正是"美丽牌"初兴的时候，我因为它含有一点甜味，或许烟叶是用甘草焙过的，我便抽它。也曾经断过烟，不过数日之后，发现口的内部的软骨肉上起了一些水泡，大概是因为初由水料清洁的外国回来，漱口时用不惯霉菌充斥着的江水、井水的缘故，于是烟卷又照旧吸了起来，数日之后，那些口内的水泡居然无形中消失了；从此以后，抽烟卷便成为我的一种习惯了。医学所说的烟卷有毒的这一类话，报纸上所登载的某医生主张烟卷有益于人体以及某人用烟卷支持了多日的生存的那一类消息，我同样的不介于怀……大家都抽烟卷，我为什么不？如其它是有毒的，那么，茶叶也是有毒的，而茶叶在中国原是一种民需，又是一种骚人墨客的清赏品，并且由中国销行到了全世界，好像烟草由热带流传遍了全世界那样。有人说，古代的饮料，中国幸亏有茶，西方幸亏有啤酒，不然，都来喝冷水，恐怕人种早已绝迹于地面了；这或许是一种快意之言，不过，事物都是有正面与反面的。烟、酒，据医学而言，都是有毒的，但是鸦片与白兰地，医士也拿来治病。一种物件我们不能说是有毒或无毒，只能说，适当、不适当的程度，在使用的时候。

抽烟卷正式的成为我的一种习惯以后，我便由一天几支加到了一天几十支，并且，驱于好奇心，迫于环境，各种的烟卷我都抽到了，江苏菜一般的"佛及尼"与四川菜一般的"埃及"。舶来品与国货，小号与"Grandeur"，"Navy cut"与"Straight cut"，橡皮头与非橡皮头，带纸嘴的与不带纸嘴的，"大炮台"与"大英牌"，纸包与"听"与方铁盒。我并非一个为吸烟而吸烟的人——这一点我自认，当然是我所自觉惭愧的——我之所以吸烟，完全是开端于无聊，继续与习惯，好像我之所以生存那样。买烟卷的时候，我并不限定于那一种；只是买得了不辣咽喉的烟卷的时候，我决不买辣咽喉的烟卷，这个如其算是我对于烟卷之选择上的一种限定，也未尝不可。吸烟上的我的立场，正像我在幼年搜罗画片、采集邮票时的立场，又像一班人狎妓时的立场；道地的一句话，它便是一般人在生活享受上的立场。

我咀嚼生活，并不曾咀嚼出多少的滋味来，那么，我之不知烟味而做了一个吸烟的人，也多少可以自觉自解了。我只知道，优好的烟卷浓而不辣，恶劣的烟卷辣而不浓；至于普通的烟卷，则是相近而相忘的，除非到了那一时没得抽或是抽得太多了的时候。

橡皮头自然是方便的，不过我个人总嫌它是一种滑头，不能叼在唇皮之上，增加一种切肤的亲密的快感；即使有时要被那烟卷上的稻纸带下了一块唇皮，流出了少量的血来，我终究觉得那偶尔的牺牲还是值得的，我终究觉得"非橡皮头"还是比橡皮头好。

烟嘴这个问题，好像个人的生活这个问题、中国的出路这个问题一样，我也曾经慎重地考虑过。烟嘴与橡皮头，它们的创作是基于同一的理由。不过烟嘴在用了几天以后，气管中便会发生一种交通不便的现象，在这种关头上，烟油与烟气便并立于交战的地位，终于烟油越裹越多，烟气越来越少，烟嘴便失去烟嘴的功效了。原来是图清洁的，如今反而不洁了；吸烟原来是要吸入烟气到口中、喉内的，如今是双唇与双颊用了许多的力量，也不能吸到若干的烟气，一任那火神将烟卷无补于实际地燃烧成了白灰，黑灰。肃清烟嘴中的积滞，那是一种不讨欢喜的工作；虽说吸烟是为了有的是闲工夫，却很少有人愿意将他的闲工夫用在扫清烟嘴中的烟油这种工作之上。我宁可去直接地吸一支畅快的烟，取得我所想要取得的满足，即使熏黄了食指与中指的指尖。

有时候，道学气一发作，我也曾经发过狠来戒烟，但是，早晨醒来的时候，喉咙里总免不了要发痒，吐痰……我又发一个狠，忍住；到了吃完午饭以后，这时候是一饱解百忧，对于百事都是怀抱着一种一任其所之，于我并无妨害的态度，于是便记起来自己发狠来戒吸的这桩事情，于是便拍着肚皮地自笑起来，戒烟不戒烟，这也算不了怎么一回大事，肚子饱了，不必去考虑罢……啊，那一夜半天以后的第一口深吸！这或者便是道学气的好处，消极的。

还有时候，当然是手头十分窘急的时候，"省俭"这个布衣的、面貌清癯的神道教我不要抽烟，他又说，这一层如其是办不到，至少是要限定每天吸用的支数。于是我便用了一只空罐装好今天所要吸的支数；这样实行了几天，或是一天，又发生了一种阻折，大半是作诗，使得我背叛了神旨，在晚间的空罐内五支五支地再加进去烟卷。我，以及一般人，真是愚蠢得不可救药，宁可享受在一次之内疯狂地去吞烟了，在事后去受苦、自责，决不肯、决不能机械地将它分配开来，长久地去享用！

烟卷，我说过了，我是与它相近而相亮的；倒是与烟卷有连带关系的项目,有些我是觉得津津有味,时常来取出它们于"回忆"的池水，拿来仔细品尝的。这或许是幼时好搜罗画片的那种童性的遗留。也许，在这个世界上，事物的本身原来是没有什么滋味，它们的滋味全在附带的枝节之上。

烟罐的装潢，据我个人的嗜好而言，是"加利克"最好。或许是因为我是一个有些好"发思古之幽情"的文人，所以那种以一个蜚声于英国古代的伶人作牌号的烟卷，烟罐上印有他的像，又引有一个英国古代的文人赞美烟草的话，最博得我的欢心。正如一朵花，由美人的手中递与了我们，拿着它的时候，我们在花的美丽上又增加了美丽的联想。

广告，烟卷业在这上面所耗去的金钱真正不少。实际的说来，将这笔巨大的广告费转用在烟卷的实质的增丰之上，岂不使得购买烟卷的人更受实惠么？像一些反对一切的广告的人那样，我从前对于烟卷的广告，也曾经这样的想过。如今知道了，不然。人类的感觉，思想是最囿于自我、最漠于外界的……所以自从天地开辟以来，自从创世以来,苹果尽管由树上落到地上，要到牛顿，他才悟出来此中的道理；没有一根拦头的棒，实体的或是抽象的，来系上他的肉体，人是不会在感觉、思想之上发生什么反应的。没有鲜明刺目的广告，人们便引不起对于一种货品的注意。广告并不仅仅只限于货品之上，求爱者的修饰，衣着便是求爱者的广告，政治家的宣言便是政治家的广告，甚至于每个人的言语、行为，它们也便是每个人的广告。广告既然是一种基于人性的需要，那么，充分地去发展它，即使消费大量的金钱，那也是不能算作浪费的。

广告还有一种功用，增加愉快的联想。"幸中"这种烟卷在广告方面采用了一种特殊的策略；在每期的杂志上，它的广告总是一帧名伶、名歌者的彩色的像，下面印有这最要保养咽喉的人的一封证明这种烟并不伤害咽喉的信件，页底印着，最重要的一层，这名伶、名歌者的亲笔签名。或许这个签字是公司方面用金钱买来的。（这种烟也无异于他种的烟，受恩的人并不至于受良心上的责备）购买这种烟卷的人呢，我们也不能说他们是受了愚弄，因为这种烟卷的售价并没有因了这一场的广告而增高——进一步说，宗教，爱国，如其益处撇开了不提，我们也未尝不能说它们是愚弄。这一场的广告，当然增加了这种烟卷的销路，同时，也给予了购买者以一种愉快的联想；本来是一种平凡的烟卷，而购吸者却能泛起来一种幻想，那位名伶、名歌者也同时在吸用着它。又有一种广告，上面画着一个酷似那《它的女子》（Clara Bow）的半身女像，撮拢了她血红的双唇，唇显得很厚，口显得很圆，她又高昂起她的下巴，低垂着她的眼睑——一双瞳子向下望着：这幅富于暗示与联想的广告，我们简直可以说是不亚于魏尔伦（Verlaine）的一首漂亮的小诗了。

　　抽烟卷也可以说是我命中所注定了的，因为由十岁起，找便看惯了它的一种变相的广告，画片。

烟酒不分家

/ 王向辰

正式的,仔细的想了一想,我有两位好朋友,一是香烟二是酒。

我爱看电影,因眼力不佳而未成癖;爱听声音,因耳力欠聪而未成癖;爱登山而脚力不健,爱旅行而时间不许,爱各种戏剧,爱民间艺术,爱看西洋镜,爱街头幻术及卖野药的,爱看儿童斗口,爱听村妇骂街,爱看大人先生的装腔作势,而限于种种,不幸而均未成癖。数来数去,够得上好而成癖者,抽抽烟、喝喝酒而已。

我爱喝两盅,熟朋友们都知道。白酒顶多二两,黄酒勉强半斤,恰好便已到了微醺的程度,脸色一红,笑声高起,说话也就多了,沉在脑海深处的自以为有味儿的人物、故事、笑谈、谐怪,一齐浮了上来。自己一兴奋,有时也能使别人感到愉快。因此,太太不但不禁止我喝两盅,相反的每每鼓励我喝两盅,因此我常常借故喝酒:天气晴朗,心旷神怡,要喝;凄风苦雨,心中悲凉，要喝；赏花，要喝；看月，要喝；有喜庆事，要喝；有烦恼事，要喝，有朋友来，不用说，更要喝。我的太太借故鼓励我喝：哥哥生辰，要我喝；弟弟病愈；要我喝；有菜，要我喝；菜不好，要我喝，逢年过节，不用说，要我喝。因此，我喝酒成了癖好。

但是爱喝虽是爱喝，我可不是一天到晚，手不离盅，盅不离口，恨不得泡在酒瓶子里。相反的，我早点不喝，午餐不喝，非到晚饭时不喝。据说，唯其喝有定时，更易上瘾，到时不能不喝。然而我，也许是癖而不深，却常常不喝，并非非喝不可。遇上自命不凡的人物不喝，因为我对他们显示我更不凡；遇上不谙幽默的男女不喝，因为我怕他们冤枉我酒后失言；遇上钱不凑手的日子不喝，因为我没有欠账的习惯；遇上赶还文债的时候不喝，因为一喝酒，顾说顾笑，顾不了写稿，交不了卷，怕对不起人；还有，遇上生病，医生不许喝酒的时候儿，我也能毅然决然的不喝，我的酒癖还不到死也得喝的程度。

"沽酒市脯，不食"，我极羡慕富人这种阔讲究。他们自己开着烧锅，开着腊味店，一切用不着到街上去买，自然可以挑肥拣瘦，随心所欲。像我们这等人，不去沽酒，又无家酿，便只有不喝了。至于酒肴如何，我更不在乎，烹龙煮凤固好，一包花生米或两方豆腐干也可以将就，醉翁之意不在菜，吟一首好诗、写两句妙文，不是也值得浮一大白吗？

酒之外，就是烟。酒还有时候不喝，烟却一时也不能离手，只有睡熟了是例外。酒是我的良友，烟是我的密友。有烟亦有酒，自是双美；有烟无酒，还可将就；有酒无烟，苦哉苦哉！

烟对我的感情太浓重了！最初，我自己不欢喜她，同时我还讨厌旁人欢喜她。她的芬芳，她的缥缈，渐渐闯入我的眼睛与鼻子的境界之内，以至于完全变成我的朋友，是在抗战前一年的事。那时，我们只有饭后一次相见，一听香烟，十天也抽不完，现在，接二连三，一刻也离不开她，不能不说是癖已经很深。

有人怀疑香烟到底有什么用处，为什么许多人竟说是离不开她，我对这个疑问不想做任何回答，因为此中况味，可与知者道，不足为外人言。在抗战期间，因为物价高涨，我曾试了多次，想把她丢开，终于怕被世人骂薄情，不能不放弃这个近于残忍的念头。当最艰苦的时光，她曾经给了我无限的安慰，胜利还都，我更不忍抛弃她了。

"烟酒不分家"，这是中国人最伟大的创造。"有烟大家抽，有酒大家喝"，这是何等伟大的观念啊！朋友，请！……

三十六年^①二月末于首都牛棚

---

① 即 1947 年。——编者注